Pájaro de un solo vuelo

Ani Palacios

PUKIYARI EDITORES
www.pukiyari.com

A nuestro olluquito, Félix Aurelio,

y sus padres, Kimi y Diego.

Por traernos tanta dicha

Valeria Jiménez despertó empapada en sudor. Sentía que acababa de salir de una piscina con agua hirviendo en la que estuvo zambullida por largo rato. Ardía como si tuviese fiebre alta, el mareo no la dejaba levantarse del sillón en donde quedó tumbada después de almuerzo, un vaho de humedad brotaba de su piel. Podía escuchar ladridos en la lejanía, pero no lograba despegar sus párpados, era como si no pudiese desprenderse del tremendo peso del sueño que la tenía pegada en el mueble.

Al rato se dio cuenta de que tampoco podía moverse. Nada de nada. Su oído era lo único que funcionaba a la perfección: los ladridos se acercaban; y no era solo un perro, eran varios. Eso y la sensación de estar completamente mojada. Dos de sus sentidos funcionaban. Existía esperanza. Se acordó entonces de un documental en donde se exploraba el tema de la parálisis del sueño. ¿Eso era lo que le sucedía? ¿Y cuánto rato sería hasta que recuperase el movimiento? ¡Era desesperante estar consciente y no poder abrir los ojos!

Trató de oler algo. Quería ir añadiendo sentidos y así convencerse de que todo estaba bien. Olisqueó el aire y cantó victoria cuando pudo percibir lo que ella llamaba "el apeste de cochinillo", el cual básicamente era su fragancia natural luego de sudarse en sueños.

Interesante nota aparte es que a ella, que era una chinchosa cuando se trataba de malos olores, el suyo, una mezcla de tierra mojada y pasto recién cortado combinados con fritanga mañanera, no le fastidiaba para nada, más bien podría decirse que le gustaba… y mucho, sobre todo cuando podía olfatearlo destilando desde los pliegues de gordura que se le formaban debajo de sus prominentes senos.

Oído, tacto y olfato funcionaban. Faltaban la vista y el gusto. Se tranquilizó. Trató de mover sus ojos bajo sus párpados, pero no estaba segura de haberlo logrado. Seguía inmóvil cuando sintió la luz del sol muriente traspasando su piel y llegando hasta sus retinas. Inmediatamente la orden fue enviada por el cerebro y pudo abrir los ojos. Celebró la aventura incorporándose en el sillón y luego poniéndose de pie.

Vaya que esto estuvo muy pesado, se dijo a sí misma mientras descorría las cortinas de la sala, *¿cuánto tiempo habré pasado así?*, se preguntó, tratando de analizar a morir la extraña experiencia, como siempre hacía cuando le ocurría algo que no podía explicarse. Felizmente, no tuvo mucho tiempo para darle vueltas al tema ya que apenas vio el parque frente a ella el mal rato se disolvió y Valeria sonrió. Anochecía. Era la hora del club de los perros.

Para Valeria no existía nada en este mundo que no se curase con una botella de licor de chocolate mezclado con una de anís, seguido de un viaje mental cuyo destino y duración no tenía la más mínima importancia. Pero un mes atrás sí que la tuvo. Bebiendo y bebiendo pudo ir formándose una imagen íntegra de la situación en la que se encontraba, sus magras opciones, las consecuencias de tomar una avenida o la otra, y hasta la conveniencia de elegir algo diametralmente opuesto a lo que ella escogería. Su impulsividad fue siempre su punto débil. Ella lo reconocía. Por eso se fue por lo que le pareció difícil, remoto, a kilómetros y kilómetros de lo que ella haría normalmente. Irse al Perú, a un barrio de clase media, con un abuelo del que nadie tenía referencia, era una buena solución.

Apenas tuvo claro su propósito, no dudó para nada. Compró un boleto de ida y se largó del país sin siquiera despedirse. Total, imaginó que únicamente tendría que estar fuera unos meses y luego volvería como si no hubiese pasado nada. Ni su madre la extrañaría, el no ser unidas le daba una ventaja insuperable en esa situación.

Ni siquiera estaba segura si su madre sabía que ella sabía del abuelo. No era alguien que apareciese en sus cada vez más distantes conversaciones. Hasta hacía poco Valeria pensaba que estaba muerto. Y es que su madre nunca hablaba de él. Ni recuerdos alegres ni recuerdos tristes. Era como si nunca hubiese existido. Como si se lo hubiese borrado del corazón y de la memoria. No se enteró de él por ella sino por una lectura de las cartas del tarot que le hizo un compañero una de esas tardes aburridas de verano en que la clientela se desaparecía casi del todo.

Cuando su colega de trabajo le sacó una carta en donde se podía ver a un viejo que la esperaba, Valeria no tenía idea de quién se trataba y no le dio más vueltas al tema hasta que de pronto se vio en la necesidad de encontrar refugio. En ese instante la noción se empezó a formar en su mente y de a poquitos logró juntar suficiente información acerca de su árbol genealógico por parte de madre como para dar con él, su dirección y su teléfono.

Tenía un difuso recuerdo de una estadía en casa del viejo décadas atrás. Se acordaba de un vestido precioso que su madre le eligió para una ocasión especial y que ella ensució jugando con unos chanchitos de tierra en el parque, que en verdad no era un parque sino un terral surcado por una acequia frente a la casa de ese señor a quien tenía que llamar "abuelo" a pesar de que era la primera vez que lo veía. Se acordaba de haber celebrado su cumpleaños en esa casa, en una fecha que no era la de su cumple, con unos postres que nunca había probado, como la mazamorra morada, y con grandes y niños que no conocía, pero a quienes le presentaban como primos, tíos y amiguitos. Un carnaval folclórico estrambótico, foráneo, aunque divertido, al que ahora buscaba regresar.

Imaginó que también tenía una abuela, aunque nunca podía precisarla en el álbum mental. Tampoco encontró información acerca de ella. La mayoría de los caminos lo llevaban únicamente a él.

Para los fines prácticos, a Valeria le daba lo mismo si encontraba a los dos o solo a uno. Simplemente necesitaba ampararse bajo el escudo familiar hasta que su particular tormenta hubiese amainado.

Valeria tuvo que hacer un esfuerzo monumental para no abrir la bocota y compartir con nadie la situación en la que se encontraba y, mucho menos, cuál era su plan de vida a corto plazo. Con lo que le gustaba chismear, los días previos a su salida se convirtieron en un calvario. Si se veía con alguien, tenía que recordarse a cada momento sus votos de silencio. Literalmente se mordía la lengua para no hablar. Se veía dejando su asiento para ir al baño en los establecimientos en donde solía pasar harto tiempo con sus amistades, todo para no hablar, soltar prenda era tan peligroso que no podía darse el gusto de hacerlo. Llegó al punto en que se acogió al refugio de ser abstemia para evitar que el alcohol la deshilvanara. Le daba pena desaparecer sin dar explicaciones, pero no le quedaba remedio, no podía exponer a nadie. Ya aclararía después. Ahora debía ir contra corriente, contra su propia corriente, nadar a la orilla lejana, buscar asilo con aquella familia de la que nada sabía y que no sabía nada de ella.

Una tarde se encontraba en la biblioteca pública dedicada a buscar algunos datos que le permitieran hacerse una idea de lo que encontraría en esa ciudad lejana, en aquel hogar al que no entendía por qué razón su madre solo la llevó una vez y nunca más regresaron ni al lugar físico ni al emocional ni al mental, cuando sintió una presencia. Levantó la mirada de su lectura, colocó el lapicero entre las páginas de una libreta en donde iba apuntando lo que parecía de interés, buscó alrededor. Se encontraba sola en la sala de investigaciones. Era domingo, cerca de la hora de cierre. Un escalofrío la recorrió por entero. Estaba segura de que alguien la espiaba. Ya en varias ocasiones esa semana la energía virulenta de un ser maligno había invadido su espacio, posándose sin su consentimiento sobre su cuerpo, ciñéndola tan fuerte que podía sentir que el aire fresco llegaba hasta sus labios y se le escapaba, convirtiendo sus pensamientos en luces y estrellas debido a la falta de oxígeno. Esta vez no permitió que se le acercara. De un brinco se levantó, recogió la libreta y el lapicero que trajo con ella, y sin poner los libros en su lugar, se encaminó deprisa a la salida.

No estaba segura de cómo lograría deshacerse de esa terrible sensación, esa energía de ultratumba, con solo movilizarse físicamente a otro lugar, pero se sentía dispuesta a tratar cualquier cosa con tal de cambiar, siquiera en su mente, los hechos que en ese momento la torturaban y llevaban a dejar todo atrás.

Desde el momento en que el avión en que viajaba aterrizó en el Aeropuerto Internacional Jorge Chávez una madrugada neblinosa del Callao, Valeria supo que incluso el mejor planeamiento del mundo no podía cubrir todos los detalles y, por la manera en que sudaba debajo de todas las capas invernales que tenía puestas, bufando mientras arrastraba la maleta que perdió una rueda en su vuelo inaugural, esa sería una lección que nunca olvidaría. Eso y que el invierno en el hemisferio norte es el verano en el sur.

Saliendo de migraciones, chompa, bufanda y casaca en mano, inspiró profundo el olor mohoso del ambiente y exhaló la resaca de la delirante euforia viajera mientras intentaba decidirse por algún modo de transporte. La experiencia debilucha concedida por un libro y un documental, que según ella la prepararía para regresar con el pie firme de la sabiduría a la tierra de sus familiares, no se pareció para nada a lo que encontró. Un choque cultural de inmensa magnitud, representado en la marea de gente gritando saludos y exhibiendo cartelitos con nombres, que halló al otro lado del vidrio que dividía a los pasajeros de la realidad peruana.

Apenas pisó fuera del cordón de seguridad se vio arrastrada, forzada sería un mejor término, a caminar al paso veloz de esa multitud trepidante. A pesar de haber observado algo de ese caos durante el embarque, nunca se le ocurrió que esa era la manera de ser de los peruanos. No lo pensó ni siquiera cuando, al ver unas veinte sillas de ruedas frente a la entrada a la manga del avión, el oficial de turno pidió que se pusieran de pie todas las personas que pudieran caminar y, como si se tratase de Lázaro, diecinueve lo hicieron. Tal vez debió prestar más atención, pero en ese instante en que se sintió empujada con fuerza hacia la salida, lo único que realmente quería era detenerse, encontrar su centro, sacar del bolsillo la dirección del abuelo, buscar un taxi.

Una cuadra más adelante pudo por fin emerger de la estrecha masa. Y cuando lo hizo, cayó en cuenta de haber perdido parte de sus pertenencias. Abatida, sintió que tal vez debía dar media vuelta, comprar otro boleto, regresarse. Aquello le duró medio segundo. Apenas recordó la razón por la que huía, se armó de valor de nuevo y respirando profundo el aire marítimo proveniente del cercano puerto, con todo y su olor a pescado, puso su renovada energía en buscar la manera de salir de ahí.

Caminó unos pasos hacia una caseta. Un niño la siguió a cierta distancia. Valeria lo podía ver hacia su derecha, su sombra lo precedía. También olió su fragancia en el aire. ¿Cómo podía ser eso? ¿Acaso alguien más en ese mismo lugar tenía el mismo gusto que ella? No tardó en darse cuenta, ¡aquel muchachito llevaba puesta su bufanda! Se detuvo para resondrarle y pedirle que le devolviera la prenda, pero al ver sus ojos pardos pidiéndole un cariño que iba más allá de un pedazo de tela, le guiñó el ojo en complicidad haciéndole adiós con la mano.

Pese al gesto, el niño no se separó de ella. Acercándose más y más hasta ganarle el paso a Valeria con el fin de ir guiándola hacía el lugar que él sabía estaba buscando.

Cuando llegaron a la caseta, el niño tomó de la mano a Valeria mientras ella preguntaba por un taxi para llevarla a San Borja. Ni bien terminó de hacer su gestión, el carro ya estaba ahí y el chofer, con la rapidez de más de un hombre y la transformativa zalamería limeña, ya tomaba su maleta rota y la colocaba en la maletera al tiempo que le abría la puerta trasera y le indicaba que tomara asiento.

Una vez dentro del carro, Valeria se dio cuenta de un tercer personaje sentado al lado del conductor. Como no podía verlo por entero, pues parecía ser muy pequeño, se acercó al filo de la butaca y poniéndose de cuclillas colocó su mano sobre el reposacabezas para impulsarse más allá de la consola central y dar un vistazo. Se llevó el gran chasco cuando vio al niño sonriéndole y ofreciéndole su bufanda de regreso.

—Y tú, ¿qué haces aquí? —preguntó confundida mientras recibía la chalina, única prenda tejida por su abuela que había conservado todos esos años.

El niño sonrió y de inmediato le entregó su billetera.

—Pero… ¿qué? ¿Me robaste esto también? —gritó alarmada pues ni siquiera se dio cuenta de su desaparición y apenas lo vio entendió lo fácil que hubiese sido encontrarse rumbo a la casa del abuelo y no tener ni dinero ni tarjetas y tener que pedirle que le pague el taxi. ¡Vergüenza total!

Valeria tomó la bufanda y la cartera sin decir más y volvió a acomodarse en el asiento. En la radio anunciaban un concierto en el Estadio Nacional. La música llenaba la cabina. El niño y el chofer cantaban a voz en cuello ignorando lo que acababa de suceder con su pasajera.

Cuando enfilaron hacia el centro de Lima, Valeria tomó aire y se quejó:

—¿Por qué hiciste eso?

Silencio.

—Dime, por qué, no me voy a molestar. Es simplemente que me robas y luego me lo devuelves. No entiendo.

Silencio.

—Señor: ¿usted lo conoce al niño? ¿Por qué está aquí? ¿Sabe por qué me robó? ¿Sabe por qué me devolvió mis cosas?

Risitas.

—Dile —contestó el chofer mientras le daba un manotazo cariñoso al pequeño.

Más risitas.

—¿Usted sabe, señor? ¿Lo conoce al chico o pensó que venía conmigo?

Risotadas.

—Ya pues, señor…

—Ay, señorita, él es mi hijo. Se llama Samuel. El Samú hace cosas así para traerme clientes. Ya ve que no me dejan entrar a la zona VIP, de los mejores clientes, pues, el niño solo trata de ayudarme…

—¡Pero me robó!

—No, pues, es que eso es solo para llamarle la atención… ya ve que ya se lo devolvió, pues… También que a veces quiere dársela de muy vivo y roba para que lo vean, para que nadie se meta con él… Aquí es duro. El chico tiene que ser duro, pues, señorita. Pero no le acuse, que ya le devolvió todo.

—Es bueno en su trabajo. Eso hay que concedérselo —dijo Valeria celebrando al ladronzuelo. Pero luego se corrigió—: Pero robar no es trabajo… y menos para una criatura en la madrugada.

—Se tiene que hacer hombre rápido. Aparte que así está conmigo, me ayuda, y yo lo puedo cuidar. Somos buenos socios. ¿No, Samú? —dijo el conductor mientras despeinaba a su hijo con la mano que no estaba usando para manejar.

El niño volteó a ver a Valeria y le sonrió.

—¡Es que eres un vivo! —contestó Valeria derretida por la actitud de ese pobre chico que ni entendía bien lo que acababa de hacer.

Amanecía cuando llegaron a la casa del abuelo. Después de pasar la mayor parte del viaje por zonas destituidas de la metrópolis, Valeria se alegró de ver que el barrio de sus familiares tenía casas y edificios más o menos modernos, cuyas manzanas fueron construidas en un formato de rectángulo con un parque en el medio. Lo de las zonas verdes le pareció un lujo para una ciudad desparramada sobre un desierto.

Al llegar a la casa, que se alzaba como una joya de estilo español, una casa del blanco de la cal, con grandes ventanales y tejas naranjas, protegida por un enrejado simple y flanqueada por jacarandas, plumbagos y flores del paraíso, bajaron los tres y el chofer se despidió entregándole una tarjeta:

—Si necesita cualquier cosa durante su estadía en Lima, me puede llamar, hago taxi, pero también puedo ayudar con cualquier cosa de la casa o recados que le toque hacer o si necesita alguien que le cargue cosas, por ejemplo. Mi nombre es César Bernabé. Ya lo conoce al Samuel, Samú Bernabé, a su servicio. Si mira de su casa para adelante, hacia los cerros que se ven detrás de la neblina, ahí es donde nos encuentra —dijo apuntando con su mano en línea recta mientras le entregaba una tarjeta.

Valeria iba a preguntar cómo se llamaba el lugar cuando una voz ronca la interrumpió:

—Esa es La Victoria, en la parte de abajo. En el cerro, está El Agustino. No más de diez kilómetros de punto a punto. Cerca de este barrio en distancia, pero un mundo aparte en todo lo demás —el hombre dejó de hablar y se quedó mirando en la lejanía, pensativo. Valeria lo observaba sin decidirse a hablarle. No lo vio salir de ninguna casa, así que no estaba segura si ese era su abuelo o algún otro vecino. Tendría unos setenta y pico años. Guapo el viejo. Facciones cuadradas, varoniles, pelo negro enrulado y encanecido, aunque casi completo, pocas arrugas, ojos verdes, bigotes y barbita de un color metálico que todavía se aferraba a su pigmentación original. Llevaba puesto un pantalón de entrecasa con una camiseta de manga corta. A pesar de su edad, todavía se notaba su cuerpo atlético.

El silencio fue interrumpido por un estridente vendedor ambulante que a gritos ofrecía todo tipo de verduras mientras pedaleaba para empujar su carretilla. El taxista aprovechó la distracción para despedirse por segunda vez y, sin esperar su contestación, subió al carro con su hijo y partió.

—¿Eres mi abuelo? —se atrevió a preguntar Valeria unos segundos después, cuando el taxista y el carretillero llegaban a esquinas opuestas de la cuadra.

El hombre se le quedó mirando sorprendido por la palabra que la chica había utilizado para referirse a él.

—¿Abuelo? —preguntó el hombre dándole un vistazo a ella y al equipaje cerca de la puerta de su casa—. ¿Cómo qué abuelo? ¿No estás muy grandecita para ser mi nieta?

—¿El abuelo Cucho? —insistió Valeria—. ¿Esta es la dirección? ¿No? —dijo mostrándole una foto de la casa con su dirección escrita a mano en el canto del papel.

—Bueno, sí, esa es esta dirección y esta casa… pero mi nieta hace tiempo que no se aparece por aquí…

—Soy yo, soy Valeria… abuelo Cucho… soy la hija de Magdalena…

—¿La que ahora se hace llamar Maggie? ¿Como si fuera bien gringa ella? La que nos desprecia… ¿Como si el Perú le quedara muy descosido y su familia muy encogida para dignarse a dar señales de vida? —dijo arreglándose los cabellos y pasando sus dedos por su barba y su bigote—. Si eres en verdad Valeria, ¿por qué me dicen Cucho? Eso por lo menos tienes que saber —dijo y la miró con intensidad.

Valeria hizo un esfuerzo mental para buscar en sus recuerdos alguna mención del apodo de su abuelo. No tardó en encontrar la respuesta, uno de los pocos detalles que su madre le confió en esas noches en que el alcohol le soltaba la lengua lo suficiente como para ofrecerle piezas de ese lejano rompecabezas que ella guardaba dentro de un archivo general etiquetado Perú.

—¿Es por algo de los anticuchos…? —empezó a explicar mientras escarbaba su fólder de misceláneos para encontrar una base un poquito más sólida a su argumento—. Es que de chico te gustaban mucho los anticuchos, pero con las justas podías decirles los cuchos… y así fue que te empezaron a llamar Cucho —entre que recordó y adivinó.

El hombre la miró con ojos de ver y esta vez sí que logró encontrar en esa mujer a la nieta que abrazó pocas veces en su vida.

Permanecieron abrazados en medio de la pista por un buen rato. Fue otro carretillero, esta vez el panadero, el que interrumpió con su bocina de payaso de circo aquella tierna escena. Se detuvo al lado de ellos y mientras se secaba el cuello con un pañuelo que hacía tiempo había cambiado su color original por el de mugre y sudor, se puso el altoparlante cerca de la boca y anunció la mercancía. El abuelo lo detuvo para comprarle media docena de pan francés y media de chancayes.

—Prueba este, te va a gustar —dijo pasándole un chancay a Valeria. Luego la encaminó hacia la puerta de su casa y, tomando su maleta, la invitó a pasar.

No era que don Cucho del Valle no tuviera preguntas en ese momento, desde que se dio cuenta de que esa joven frente a él, con acento medio gringo y piel canela, era su nieta, las interrogantes nadaban en su mente y se querían salir por sus lágrimas, su cerilla, su saliva y sus mocos. Retumbaban en su cerebro años de recriminaciones. Sobraban en sus manos las caricias que no pudo ofrecer en tanto tiempo. Gemían de dolor las alegrías que le faltaron al faltarle la familia. Sudaban sus poros la angustia de no saber nada de su hija o su nieta. Se retorcían sus sombras nocturnas al verse sin propósito para abrir los ojos en cada infaltable día siguiente y día siguiente y día siguiente. Era toda una tentación dejarse llevar por lo que deseaba en ese instante para calmar el tiempo sufrido, pero su experiencia como viejo, como hombre, y como psicólogo, le decía que interrogar a alguien que ya está asustada, como presentía lo estaba Valeria al presentarse así, con maletas y sin invitación de por medio, no serviría más que para ahuyentarla. Y eso no era lo que quería.

—Rico el chancay, ¿no? —dijo don Cucho colocando el equipaje en el recibidor de su casa, para luego mordisquear otro chancay camino a la cocina—. Pasa hijita, pasa Valeria. ¿Te gusta el café pasado? Vamos a tomar desayuno mientras conversamos. Siéntate —le ordenó—. Mira, aquí acomódate —le indicó señalando hacia uno de los dos sitios que tenía preparados en su mesa de diario con su tapete, vajilla y cubiertos. El olor del café inundaba el ambiente. A lo lejos se escuchaba el canto del cuculí mezclado con los rudos sonidos de un taladro de demolición—. ¿Qué tal el viaje? —prosiguió mientras le servía el café y le arrimaba hasta el filo de su plato la mantequilla y la mermelada—. Aquí está el azúcar. ¡Ah! Déjame buscarte la leche —continuó, dando un salto hacia el refrigerador para abrirlo y encontrarse con que le quedaba poca.

Luego de revolotear un buen rato, el abuelo por fin se sentó al lado de Valeria, puso la mitad del chancay que le quedaba en un plato y se sirvió el café. Luego, quedó en silencio.

—¿Por qué tienes dos sitios listos, abuelo Cucho? ¿Esperabas a alguien? —preguntó Valeria para iniciar algún tipo de conversación.

Don Cucho no respondió, se quedó pensando en lo maravillosa que le sonaba la palabra abuelo. Abuelo Cucho. Si hasta sonaba distinguida, elegante, aunque bastante afable, esa etiqueta que su nieta le otorgaba sin remilgos ni condiciones y él empezaba a calzar en su minúscula vida como quien acababa de recibir un título nobiliario concedido por la mismísima reina de Inglaterra.

—¿Abuelo Cucho? —repitió Valeria.

—¡Ah! ¿Eso? Bueno, es que nunca se sabe quién va a aparecerse por tu casa a la hora del desayuno. A veces hasta pongo los cuatro sitios, y verás que de pronto llegan tres amigos a acompañarme. Todo es cuestión de la mente. ¿Viste que hoy puse dos sitios y llegaste tú? *In omnia paratus.* Siempre *in omnia paratus.*

—¿Y eso qué es?

—Significa "listo para todo" en latín. Y hablando de estar listo, bueno, no voy a decir que estaba listo para este tremendo regalo que es tenerte aquí, pero sí puedo decirte que todos estos años que han pasado he pensado mucho en ti. Y en tu madre, claro está. Y ahora estás aquí… y… y yo no me lo puedo creer. Soy un hombre muy afortunado. Hoy me levanté con solo el chancay que me comería en mente… haberte encontrado allá afuera es muchísimo más de lo que podría desear… —dijo lagrimeando de la felicidad.

El café la levantó el suficiente tiempo como para sortear las primeras preguntas de su abuelo, pero el cansancio del vuelo y el estrés por el recibimiento que tendría en casa de ese familiar que apenas conocía de nombre se posaron casi de inmediato sobre los párpados de Valeria, llevándola a bostezar sin piedad y a que don Cucho se viera en la necesidad de planear de manera instantánea cómo hospedaría a la nieta.

La verdad es que no hubo que hacer mucho, ya que cuando Valeria y don Cucho se sentaron en el sofá de la sala a decidir qué sería lo mejor, ella se fue apagando hasta que el sueño la noqueó y se quedó dormida, con la taza de café en la mano, en el medio de una oración. El abuelo se dijo que ya tendrían tiempo de conversar y, quitándole la taza, la acostó sobre unos almohadones.

Horas después, la luz y las sombras de la tarde esparciéndose en una danza caprichosa sobre las paredes de la sala la despertaron. Se sentó a medias, apoyándose sobre unos almohadones decorativos forrados en una tela de raso resbalosa, su cerebro escabechado mostrando imágenes contradictorias, un ojo parpadeante buscando mantenerse abierto y el otro pegado por las legañas, sus pensamientos enrevesados flotando entre las fronteras de dos países. Escudriñó por encima de los cojines, refunfuñó como siempre lo hacía cuando despertaba de súbito, se concentró en una lámpara de araña que pendía cerca de ella y que además de tener varios focos apagados y unas lágrimas bastante sucias parecía haber sido malamente pintada de dorado. Se veía que era una antigüedad que con más cariño y dedicación podría brillar bellísima nuevamente. Se hizo una nota mental. Buscar algo que hacer era de suma importancia si quería mantener al abuelo contento y sin tiempo para abocarse a realizar una investigación acerca de su persona.

Valeria se levantó, se colocó la media que se había caído de su pie al suelo y con lentitud caminó hacia la cocina. Un olor a sopón la abrazó en la puerta. Vio a su abuelo picando verduras y tirándolas en una olla grande en donde algo delicioso hervía.

—Qué rico huele —dijo desperezándose y avanzó desde el umbral de la puerta de vaivén hasta donde se encontraba don Cucho.

—En verdad que las cocinas son los mejores lugares de una casa —respondió volteándose a mirarla con gratitud en su rostro—. Congregan a todos en un solo lugar con su aroma de embrujo. No importa qué estés cocinando, es un lujo saber que puedes dar tanto amor con un plato de comida.

—Nunca lo había pensado de esa manera, pero en verdad que sí. ¿Será por eso que en Estados Unidos a las personas les gusta reunirse en la cocina?

—Ah, ¿eso hacen por allá? Bueno, puede ser el motivo, aunque te diré que para mí es un lugar muy especial, reservado para el grupo más íntimo, la familia y los amigos cercanos. Es un honor que alguien te permita estar en su cocina.

—Es muy diferente cuando lo planteas así. Como que alguien te permite estar muy cerca de su propia esencia, en donde muy pocos están invitados.

—Algo así. Y ahora mi cocina está abierta a ti, Valeria. Nunca olvides que aquí es donde se cuecen todas las habas, las buenas, las malas, y las quemadas —explicó haciendo referencia a la conocida expresión.

—Gracias, abuelo, pero yo quiero ayudar. Dame algo que hacer.

—Bueno, esto ya casi está —manifestó tocando un par de veces con la cuchara de palo la olla en donde tenía el guiso de verduras—. ¿Sabes hacer apanado de pollo? —preguntó y señaló hacia unas pechugas y otros ingredientes que esperaban su turno sentadas en una tabla sobre el repostero.

Valeria miró los ingredientes y tasando las posibilidades de revivir la receta que alguna vez le vio hacer a su madre contestó con entusiasmo:

—¡Claro que sí! ¡Mi mamá hace esto todo el tiempo!

—Lo dudo. Magdalena no era de cocinar. ¡Si ni siquiera le gustaba entrar a la cocina!

—¿Me dices mentirosa?

—Te digo que tu mamá odiaba la cocina, tanto el lugar físico como el emocional…

—¿Demasiada intimidad para ella?

—Algo por ese estilo.

—Es muy cerrada mi madre, ¿no?

—Demasiado… Y hablando de tu madre… ¿No deberías llamarla? ¿Dejarle saber que estás bien?

—No es necesario.

—¿Y por qué no?

—Ni cuenta se va a dar de que no estoy. Esto es algo mío. No tiene nada que ver con ella... —Valeria exclamó y, al percatarse de haber dicho demasiado, se puso a preparar las pechugas para luego freírlas.

—Bueno, veo que sí sabes hacer apanado, pero igual sigo sin entender qué haces aquí y cuál es la razón para mantener a tu madre en la oscuridad.

Valeria enrojeció, pero trató de que no se le notara la frustración. No estaba lista para compartir con su abuelo o ponerlo en peligro al hacerlo.

—En verdad es simple, abuelo Cucho, necesito tiempo fuera de Estados Unidos y lejos de mi mamá y mis amistades. Justo tuve unos días libres y de pura impulsiva quise venir y conocerte. La verdad es que mi mamá siempre ha sido muy cerrada con la historia familiar. Tuve que hacer toda una investigación para encontrarte. Yo sé que ustedes no se hablan desde hace mucho tiempo, pero no sé la verdadera causa de su distanciamiento.

Don Cucho percibió los tonos agudizándose en la voz Valeria, el énfasis sobresaltado de las sílabas resaltando temores escondidos, las emociones en el lenguaje corporal develando desesperación. Podía ver que su nieta estaba pasando por algo grueso. Lo sentía en el ambiente teñido de impaciencia. Lo veía en su rostro fruncido, en sus manos tirando con rabia los apanados en la sartén llena de aceite hirviendo, en el taconeo nervioso de sus pies enfundados en medias lanudas de invierno. Decidió entonces retroceder unos pasos, darle su espacio, dejarla respirar, ofrecerle la seguridad que necesitaba para sentirse en casa.

El no fastidiar a Valeria con preguntas que todavía no estaba lista para responder, no significaba que don Cucho no podía tratar de investigar por su lado. Después de todo, desde el día en que encontró a su nieta en esa maravillosa invención de las redes sociales, empezó a seguirla por todos lados. Pidiéndole amistad en todas las cuentas de Valeria que fue descubriendo, siempre ocupándose de colocar un perfil creíble, con diferentes nombres, fotos, ocupaciones y pasatiempos, el abuelo tuvo el honor de presenciar desde el anonimato el crecimiento de su nieta. Pocas veces conversó con ella, y cuando lo hizo, siempre fue en respuesta a alguna de sus inquietudes. Tuvo indiscutibles momentos de tentación, en donde quiso entablar una relación profunda a través de aquellas cortas misivas que la nueva generación favorecía, y, sin embargo, supo contenerse, pues dudaba de poder detener su propia necesidad de adentrarse en un campo minado al desear más y más detalles acerca de aquel ser al cual amaba y admiraba desde lejos.

Unas semanas antes de la llegada de Valeria estuvo hospitalizado por una infección de las vías respiratorias que se le complicó. Debido a ello no estuvo atento a las redes sociales. Aprovechó que su nieta se retiró a dormir para encender su computador y revisar los eventos de los días que faltó a su cita debido a su enfermedad.

Al encender su torre y escuchar el sonido usual de los pasos tomados para lanzar los programas operativos empezó a sentirse terriblemente cochino, como si espiar a su nieta mientras ella dormía en el cuarto de al lado fuese algo así como una violación. Se había pasado años haciendo aquello, pero ahora, al tenerla tan cerca, respirando el mismo aire que él, se veía ante el espejo de la vida y no le gustaba el reflejo que encontraba allí. No estaba bien lo que hacía. Si quería saber algo, ahora se presentaba su oportunidad de preguntárselo de manera directa. Eso sí, tendría que ver una manera de hacerlo con tacto y así evitar asustarla, o herirla, o, peor, llevarla a cerrarle la puerta a su vida de una vez por todas.

No. Así no jugaría. No podía darse el lujo de tomar riesgos. Buscaría la manera de que Valeria le hablase y le contara lo que estaba sucediendo. Para ello era muy posible que tuviera que entregar su historia familiar a cambio. ¿Lo haría? Era todo muy doloroso de compartir. Pero, quién sabe, le haría bien a él sacarse esos tizones del pecho, le haría bien a Valeria saber por qué algunas cosas se dieron en la manera en que se dieron. *¿No es eso lo que todos queremos?*, se preguntó el viejo. *Saber la verdad. Decir la verdad. Construir el futuro sobre los fortalecidos ladrillos de la verdad. Dejar de sentirnos heridos por lo que no decimos, por lo que no sabemos.*

Don Cucho apagó el computador y luego de mirar a Valeria desde la puerta del cuarto de visitas, se fue contento al suyo.

Valeria despertó de un salto. Podía escuchar casi dentro de su cuarto el ruido de una impertinente trompeta madrugadora. Sin pensarlo, corrió hacia la puerta y se encontró con que en el parque frente a la casa del abuelo un grupo de personas se encontraban realizando una ceremonia de izamiento de bandera.

Luego de mirar por un rato, se dio cuenta de que había salido a la calle con solamente una camiseta larga y grande que le cubría hasta los muslos y sus calzones de dos días sin cambiar. Avergonzada, regresó a su cuarto y luego de ponerse un *short* fue a buscar a su abuelo.

Lo encontró atendiendo sus plantas en un patio al interior de la casa. La verdad que no se detuvo a observar la arquitectura del lugar el día anterior. Entre el cansancio y los nervios, no se dio el tiempo para mirar a su alrededor o hacer preguntas. Y mientras pensaba en ello se percató de lo relajada que se sentía en ese momento. *Dormir bien, con los dos ojos cerrados, sin esperar que pase algo malo durante la noche, es realmente un regalo*, se dijo al tiempo que saludaba a su abuelo con un abrazo que llenó al hombre de una alegría que no sabía todavía existía dentro de él.

Conversaron un rato de la variedad de plantas que don Cucho tenía en maceteros y en una delgada línea de tierra delimitada por piedras y cemento que formaban una jardinera con espacio para arbustos y flores que no necesitaran un área expandida para crecer robustos y bellísimos. Desde los helechos hasta las rosas, los brillantes colores contrastaban con el ocre de las baldosas del patio y el blanco de las paredes. Un pequeño paraíso de entre casa para los sentidos. El abuelo recogió unas cuentas hebras de yerba luisa y luego de limpiarlas sacudiéndolas en el aire le hizo una señal a Valeria para que lo acompañe a la cocina. El cuculí cantaba a lo lejos.

—Esta se llama yerba luisa. Es muy buena para calmar los nervios. En el patio también tengo anís, que se puede usar para el dolor de estómago. También unas cuantas yerbas para cocinar. Por eso huele rico afuera. Ahora te voy a hacer un té con la yerba luisa. Ya vas a ver qué rico sabe cuando está fresca —dijo mientras llenaba una tetera con agua y la ponía a hervir.

—La verdad que huele delicioso —observó Valeria colocando la yerba cerca de su nariz—. Y, luego, ¿qué haces?

—De allí pones una hoja en la taza, le echas el agua hirviendo, su azúcar y ¡listo! —explicó al tiempo que seguía los pasos—. Prueba —le ofreció una taza humeante.

Valeria olió el té por un instante y sonriendo tomó un sorbo.

—Delicioso —dijo casi asombrada—. La verdad, nunca había tomado el té así. Siempre he tomado los de bolsita del super. Esto sí que es diferente. Y el olor me encanta.

—Qué gusto, hijita —indicó el abuelo—. Seremos un país atrasado, pero en lo que es comida, nadie nos gana. Lo importante son los ingredientes frescos. Y hablando de eso: yo regresó al trabajo hoy. ¿Qué harás tú mientras tanto?

—Ay, abuelo Cucho, pensé que podría contar contigo para que me cuentes más cosas de la familia —contestó Valeria mientras abría el refrigerador para buscar la mantequilla y mermelada. El pan fresco ya estaba sobre la mesa y tenía muchas ganas de comerse un chancay. Pero apenas olió un hedor desagradable, tiró la puerta—. Creo que tienes algo podrido —chilló colocándose la mano sobre la nariz.

El abuelo se levantó, abrió la puerta del refrigerador y respondió:

—Ahora que tengo compañía capaz no se malogre la comida tan rápido.

—¿Qué es eso?

—Eso es lo que llamamos chifa aquí. Es comida china. Parte de mi paga.

—¿No que estabas jubilado? Aparte que pensé que eras psicólogo…

—Jubilado de mi carrera como psicólogo, sí. Jubilado del todo, no. Trabajo en un chifa por aquí cerca. Ayudo con lo que necesiten en el día, pero, sobre todo, hago entregas a domicilio.

Valeria estaba sorprendida. No entendía cómo su abuelo, de haber tenido una carrera profesional prestigiosa estaba ahora en un puesto indigno para su estatus.

—No te preocupes, hijita. No me mires con esos ojitos apenados. No es que necesite el sueldo en sí, es que necesito la interacción con otros, tener un propósito en la vida, algo en el calendario para llenar el vacío de los días… Aparte que es divertido, es un lugar en donde sigo aprendiendo acerca de la mente humana y de vez en cuando hasta me buscan para un consejo.

Un poco después del desayuno, el abuelo tomó una ducha fría y rápida, acomodó en un bolso con motivos indígenas unas mandarinas y un par de bolsitas de galletas de naranja, junto con su cuaderno para tomar notas y dos lapiceros, uno con tinta azul y el otro con roja, se colocó la larga banda tejida, que hacía de asa, cruzada hacia la derecha y partió en su bicicleta hacia el trabajo. Llevaba puestos unos pantalones de color verde militar remangados hasta la canilla y una camisa blanca de manga larga, percudida, amarillenta y de un delgado casi transparente de tanto uso.

Al verse sola por primera vez en varios días, Valeria no supo qué hacer en un inicio y se quedó parada cerca de la reja de la casa viendo a su abuelo desaparecer en un callejón de casas luego de cruzar el parque en transversal. Hubiese querido decirle que lo que tenía puesto le daba un aspecto de pobreza, de *hobo* como decían con empinada insolencia maliciosa en Estados Unidos, pero al verlo tan contento al salir vestido de aquella manera, se dio cuenta de que era bastante posible que don Cucho escogiera presentarse ante el mundo y sus colegas así con el propósito de no sobresalir o aparecer vano o petulante ante las personas que le hacían un lugar en su mundo, uno en donde se sobrevive con dignidad y sin lujos superfluos.

Cuando volteó para regresar a la casa se percató de algo que no había visto hasta entonces: el segundo piso. Se sintió tonta por no fijarse en su entorno en todo ese tiempo, pero se perdonó de inmediato aduciendo el cansancio por la huida, el viaje y la llegada al país y a la casa de su abuelo de una manera tan intempestiva y hasta alocada por la poca y desorganizada preparación. Vio movimiento detrás de una cortina. Ella miraba hacia arriba y alguien la miraba a ella allá abajo. Sus miradas se cruzaron. La persona en el segundo piso se escondió detrás de la fina tela de gasa traslúcida. A pesar del sol en sus ojos, Valeria podía verlo tratando de mantenerse de espaldas a la ventana e inmóvil, al tiempo que movía la nuca lentamente hacia un lado con la intención de espiarla. Sonrió y, cerrando la reja, avanzó sin dudarlo hacia las escaleras exteriores de cemento y piedra que la llevarían hasta la puerta de lo que parecía ser un apartamento allá arriba.

Sin pensar en su mal aliento, las legañas en las comisuras de sus ojos, sus cabellos desaliñados, su rostro sin maquillaje o su ropa que no hacía juego, Valeria tocó a la puerta. Pasaron unos segundos. Se entretuvo mirando el barrio desde aquella altura. La perspectiva de tantos vecinos, la mayoría en unos pisitos enanos, la emocionó. Su aburrida y tranquila hasta las lágrimas vida suburbana, en casas solitarias bordeadas por jardines inmensos, quedaba inmersa en el jugo de un pasado demasiado organizado para su gusto. Siempre quiso aventura. Era bastante posible que un estilo diferente, más acorde con su espíritu aventurero, iniciara allí.

Pasaron unos segundos antes de que Valeria despertase de sus maquinaciones y tocase otra vez a la puerta. Esta vez abrió un hombre y se le quedó mirando sin decir nada. Ella no se achicó. Más bien aprovechó el momento para medir al individuo. Paseó su vista sobre él. Era larguirucho, joven, tal vez menor que ella, tenía una cara larga y unos ojitos juntos que brillaban contra la luz, su nariz era aguileña, tirando para ganchuda, su boca de labios delgados enmarcaba filas de dientes encorvados. Su torso y extremidades, al contrario de su rostro, mostraban masivos músculos esculpidos como valles y montañas sobre la tersa piel canela. Era como si Dios hubiese escogido piezas que no tenían relación alguna y las hubiese encajado utilizando un cuello largo y grueso bajo un mentón empinado. La voz que salió de esa persona fue el acabose. Encima de la rara apariencia, tenía voz de locutor de radio erótica nocturna. Cuando le dijo las primeras palabras de saludo, Valeria no sabía si reír por la paradoja de su físico desproporcionado o desmayarse por esa manera de hablar que la acariciaba con cada sílaba.

—¿Quién eres? —le dijo por fin.

—¿Quién eres tú? —contestó el joven un poco indignado. Después de todo, él vivía allí desde hacía unos años y a ella nunca la había visto, aparte que don Cucho no le avisó que tendría visita—. Te he visto con el Cucho afuera ahorita, pero no tengo idea quién eres o qué haces aquí, o si estás invitada a estar en esta casa.

—El señor Cucho es mi abuelo. Me llamo Valeria. Estoy viviendo aquí y... ¡Ay! ¡No serás un hermano o un primo… o algún familiar! —dijo fastidiada por su impertinencia.

—¡No! ¡No! ¡No somos nada! —contestó alterado—. Yo le alquilo el apartamento a tu abuelo. Es que él no me dijo nada de que vendría su nieta. Aparte que eres diferente en persona, hasta mejor tal vez. No te reconocí, Valeria, disculpa —explicó tratando de calmarse.

—¿Cómo que diferente en persona? —contestó liada Valeria, tratando de entender cómo es que un completo desconocido para ella sabía de su existencia e incluso de su apariencia.

—¿Sabes? Tengo que ir a trabajar —contestó el muchacho al comprender que había hablado de más. Y saliendo al pequeño balcón frente a las escaleras, cerró la puerta y empezó a bajar dando grandes pasos.

Valeria se quedó pensando mientras lo veía correr hacia la esquina de su cuadra y desaparecer detrás de los edificios. Tendría que interceptarlo a su regreso para terminar la conversación o preguntarle a su abuelo los detalles y las razones por las que su inquilino tenía sus datos.

Don Cucho regresó al atardecer bañado en sudor y con unas bolsitas colgándole de ambas muñecas. Temblaba la bicicleta con la canasta delantera rellena más allá de sus bordes, desviándose de a ratos por el peso y la falta del control del viejo. Valeria lo vio venir. Después de dar unas cortas vueltas para empezar a conocer el vecindario, se había sentado en una banca en el parque que tenía una vista perfecta de la casa de su abuelo y los edificios que la rodeaban. La tenía hipnotizada la cantidad de gente que existía en un espacio tan restringido. Nunca en su vida se había cruzado con tantas personas en la corta hora que estuvo allí. Unos llegaban y otros se iban. Era como un desfile de grandes y chicos, obreros y burgueses, movilidades y automóviles, y todo tipo de mascotas, todos conservando su propia identidad al tiempo que contribuían a ese pedacito de la ciudad. Se levantó y cruzó la calle para darle el encuentro a su abuelo, que le parecía estaba a punto de caer de costado hacia una jardinera vecina que tenía una corona de cristales rotos pegados a todo su rededor. Valeria hizo una nota mental, pues quería preguntar qué función tenía ese vidrio que también había visto en los paredones circundantes a las casas y hasta en algunos techos.

—Hola abuelo, vienes demasiado cargado para poder manejar la bici —recriminó Valeria con una sonrisa traviesa mientras le ayudaba a parar y continuar a pie—. ¿Y qué tanto traes aquí? —preguntó abriendo las bolsas y haciendo un gesto de desagrado apenas olisqueó lo que traía don Cucho—. ¡Ay! ¿No me digas que es más de ese chifa? ¡Es que el olor me mata! —chilló exageradamente mientras se tapaba la nariz con ambas manos.

De pronto un hombre que salía de un edificio lo detuvo ofreciéndole un cigarrillo encendido.

—Don Cucho, ¿cómo vamos hoy? Aquí está el pucho previo a la comida —dijo posicionando el vicio entre sus labios. El abuelo absorbió una pitada y al expeler el humo sonrió haciendo una mueca de agradecimiento.

—Ahora mejor, con un toquecito de nicotina en las venas todo se mejora —se carcajeó.

Valeria se hizo un hueco entre los dos hombres, carraspeó para llamar la atención.

—Ay, sí, don Lucho, le presento a mi nieta, Valeria. Viene de Estados Unidos. Producto importado —bromeó dándole otro toque al cigarrillo.

El hombre la miró con alegría, la tomó de la cintura y acercándola le dio un abrazo seguido de un beso en la mejilla. Valeria se puso colorada, no sabía qué hacer. No entendía la desfachatez del desconocido que se le hizo un mañoso de primera.

—¡Ay! Que eres gringa… Disculpa… —dijo al hombre al percatarse del fastidio causado.

—Hijita, que don Lucho solo estaba siendo efusivo porque eres mi nieta. Aquí todos nos abrazamos y nos besamos, ya vas a ver que te acostumbras a nuestras costumbres —explicó el abuelo mientras tomaba a Valeria con un brazo y la bicicleta con el otro y avanzaba hacia su casa lo más rápido posible. Al llegar, absorbió una última pitada y al cerrar la reja tiró lo que quedaba del cigarrillo encendido. Al verlo hacer eso, Valeria se espantó de nuevo y saliendo a la calle recogió el pucho, lo apagó y lo llevó adentro para tirarlo en el basurero. Luego se acordó de lo mucho que a ella le gustaba fumar y se deleitó pensando que en Lima podría hacerlo sin que nadie la fastidie. Eso sí: nada de colillas en la vía pública. Algunos hábitos eran difíciles de cambiar.

Apenas empezaron a poner la mesa, el hombre del segundo piso apareció en el umbral de la puerta de la cocina. A Valeria le sorprendió verlo, aunque sentía tanta curiosidad por enterarse de su historia y tanta necesidad por evadir las preguntas de su abuelo lo más que pudiera, que le hizo un gesto amistoso para que se acercara.

—Mira, abuelo, quién está por aquí —dijo mientras le daba una palmada en el hombro a don Cucho para que voltease y dirigiese su mirada hacia el vecino. Ya Valeria se había dado cuenta de la dificultad para oír de don Cucho—. Mira, es… Ay, disculpa, no me dijiste tu nombre en la mañana… ¡Y es que estamos en desventaja porque tú sí sabes quién soy!

Don Cucho miró sobresaltado al hombre. En sus ojos la neblina del desconcierto, la recriminación y el tratar de pensar con rapidez sin tener contexto alguno donde apoyarse. Cuando levantó su vista en acción de pregunta, el chico le devolvió nada, o casi nada, sus ojos juntos moviéndose como canicas alocadas únicamente expresaban el saberse en problemas.

—Ah… ¿se conocieron ya...? —preguntó el abuelo mientras pensaba qué hacer.

Valeria contestó con un movimiento de su cabeza y una sonrisa que quiso ser burlona, pero apareció interpelativa. Una pausa interrumpida por el movimiento de sillas se asentó entre los tres. Cada uno buscaba la mejor salida a aquella premura por detalles que el otro mantenía cerca del pecho. Empezaron a servirse sin salirse de sus mentes.

—El problema… —empezó por fin Valeria— …es que lo he conocido porque lo vi y subí a presentarme y preguntarle quién era y qué hacía en el segundo piso… pero él, de quien todavía no sé nada, ni siquiera el nombre de pila o su apellido, sabe quién soy. ¿Cómo puede saber, abuelo? ¿No se supone que tú y mi mamá no se hablan desde hace un requetemontononón de años?

Don Cucho miró al joven y luego a su nieta, hizo un ademán de empezar a hablar, pero en lugar de eso se puso colorado y se le dio por toser cada vez más fuerte.

—Abuelo, que te vas a dañar la garganta tosiendo de esa manera y al final no podrás evadir decirme la verdad. Toma un poco de agua y dime quién es este chico y por qué estamos comiendo con él… y, más importante, ¿cómo es que sabe cosas de mí?

Don Cucho pudo contener a su nieta unos segundos con algo de teatro casero. Mientras tomaba agua y carraspeaba, haciéndose el que le faltaba el aire, iba redondeando en su mente sus primeras palabras. Y es que la chica lo había cogido demasiado relajado para su gusto y ahora le tocaba explicarle cosas familiares que se mantuvieron en secreto tanto tiempo. Se alivió la conciencia un tanto al concluir que tal vez ella le diría la verdad sobre su estadía en Lima si él le soltaba prenda en cuanto a todo lo demás. Habría que ir desenmarañando de un lado y tejiendo del otro.

Entonces escuchó al chico dar una breve y bastante insatisfactoria explicación:

—Yo soy Fer... Fernando, pues, Fernando Altamira. Hace un tiempo que le alquilo el departamento en el segundo piso a tu abuelo y además él me ofrece comida en las noches, tipo pensión, ¿entiendes?

Valeria lo miró por un buen rato hasta que le hizo bajar la vista al plato con arroz chaufa que se le enfriaba.

—Muy bien Fer... Fernando. Y ahora dime: ¿Cómo sabes quién soy yo? —preguntó Valeria colocándole el tenedor entre los dedos—. Sírvete —añadió socarrona.

Fernando volteó hacia don Cucho. O rescate o permiso, quería que el viejo le hiciera saber cómo tratarían la situación, que en realidad no era suya, sino de su casero. Que supiera, él solo había servido de paño de lágrimas. Era el abuelo quien tenía que decidir si abría la boca o no. No tardó mucho en obtener su respuesta.

—Él sabe porque yo le he contado. Ya ves que hasta los psicólogos necesitamos alguien con quien conversar y procesar nuestras propias emociones. Como vecino e inquilino, además de tener su cabeza bien puesta, Fernando, que además está estudiando para terapista, me hizo el favor de escucharme.

—Bien, pero eso no explica que me conozca de físico.

—Ah... eso... —lamentó don Cucho buscando una buena respuesta en el táper de nabo encurtido—. Eso es porque... —miró a su nieta tratando de anticipar su reacción— ...es porque... aunque es verdad que no me hablo con tu mamá, Fernando me ayudó a buscarte por redes sociales y, desde que te encontré, somos amigos… —trató de sostenerle la vista al terminar su explicación, pero podía ver que su nieta estaba pasando de nivel calmada a nivel exterminadora, así que se puso a jugar nerviosamente separando en su plato las verduras, la salsa *ti pa kay*, el pollo picado, y el arroz. Definitivamente Valeria tenía el mismo genio de marras que su hija Magdalena, tenía que hilar muy fino o igual la perdería.

Valeria se apiadó y, luego de comer en silencio por un rato, trató de arremeter desde otro ángulo.

—Si quieres que me quede, necesito que empecemos a tratarnos como adultos. Y para ello la verdad exige.

—Acepto. También te pido la verdad. Así que dime, ¿a qué le estás huyendo? —contestó el abuelo viendo otro carril por donde transitar con mayor soltura que la trampa en donde se encontraba al momento.

—¿Huir? ¿Yo? No… te equivocas. Yo estoy buscando salirme de mi rutina, relajarme, alejarme de mis presiones —contestó atragantándose con una mano gigante de brócolis.

—A ver, mira: Fernando es mi inquilino, un vecino, un hombre bueno y terapista en formación, que se ha prestado para escucharme. ¿Qué tal si lo dejamos comer y luego hablamos? —dijo tratando de por lo menos salvar al joven de una conversación que estaba seguro sería muy fuerte.

—No, don Cucho. Yo, aquí para lo que quieran. Hasta capaz que tenga para aportar —dijo Fernando ya restablecido a su papel de mero escucha.

—A mí me parece bien. Si hasta puede que me diga cosas de mí misma que ni sé —contestó Valeria sin estar segura de si estaba haciendo o no buen negocio con el viejo y el vecino, dado que ellos ya eran yunta y ella podría estar tratando de jugar dobles sin tener una pareja que la apoye y la auxilie. De todos modos, intentó mostrarse en control. Cuando viajó tuvo en cuenta que en algún momento tendría que decir qué la llevó hasta ese barrio en Lima. Era el momento de hablar; y lo que le fascinaba era que a cambio tendría un premio en el que nunca pensó: la verdad acerca de su historia familiar.

Luego de calmar y enfocar su mirada, Fer se ofreció para mediar entre abuelo y nieta. Sintió que se trataba de una excelente oportunidad para poner en práctica algunos de los temas estudiados en ese primer semestre en la facultad de Psicología y en tantas conversaciones con don Cucho. Empezar fue lo difícil. Sentía reverencia por el viejo. Estar a su lado le permitía hacer todas las preguntas que quisiera, proponer los temas de conversación en los que deseaba ahondar, aprender en directo de alguien que fue una celebridad, un ídolo profesional, en el campo de la terapia de trauma en jóvenes y adultos por abandono emocional durante la infancia. ¡Si hasta su trabajo experimental con soldados durante su entrenamiento era reconocido en todo Latino América! La cosa era que ahora tenía a una verdadera persona frente a él, no un hipotético caso fácil de discutir en papel sino a la mismísima nieta del hombre que lo acogió y le enseñó todo desde que un día llegó del norte a su puerta por recomendación del compadre de su tío Brayan.

Fer se acomodó en el asiento, miró a Valeria y luego a su abuelo, quien le hizo un gesto con la mano indicándole que prosiga.

—Con todo respeto a los dos —empezó con palabras de relleno para buscar tiempo y valentía dentro de su garganta que principiaba a llenarse de mucosidad y saliva reaccionaria dirigida a congestionarlo hasta hacerlo toser, un clásico de los nervios para él. No era fácil controlar a sus ojos y su garganta a la vez, pero si algún día iba a ser terapeuta, primero tenía que vencerse a sí mismo—. Yo a don Cucho le debo mucho. Hemos hablado tantísimo de ti cuando eras una churre, pues... perdón, se me sale el piurano cuando estoy en modo personal... cuando eras una niña, Valeria. Yo he vivido aquí un tiempazo, desde que me vine de Sullana, y tu abuelo siempre me habló de ti. Me mostraba tus fotos y lloraba porque no había tenido contacto contigo o con tu mamá desde hace muchos años... Y un día, así, conversando, se me ocurrió mostrarle las redes sociales y le dije que si se hacía una cuenta podía seguirte desde lejos, sin que tú sepas, pues, y enterarse de cómo estás, incluso sin tener que interactuar o decir quién es. Bueno, pues le armé una cuenta haciéndose pasar por alguien que tú podrías reconocer como un conocido tuyo. Es un truco bien bacán: si mezclas el nombre de alguien que conoces con el apellido de alguien que conoces, el resultado será que tu mente piense que es un conocido. Y así fue como tu abuelo pudo infiltrarse en tu vida y te fue conociendo, con esos mendrugos que vamos poniendo en nuestras cuentas en redes, que en realidad son una reflexión sesgada de quienes somos en verdad. Ya sabes que nadie pone todo acerca de ellos tal cual como es...

—¡Yo sí! —interrumpió Valeria mostrándose personalmente ofendida por lo que sintió era una acusación dirigida a ella.

Fernando la miró con preocupación y continuó:

—¿Tú no usas filtros, Valeria? —dijo con lentitud, casi murmullando, mientras colocaba su mano sobre la de ella en lo que calculó sería un gesto amistoso.

De inmediato Valeria soltó su mano y la colocó lejos de Fer.

—A veces… —contestó asustada por lo que acababa de hacer su vecino.

—Acuérdate que Valeria viene de otra cultura y no está acostumbrada a que la toquen o la besen —intervino el abuelo.

—Lo siento —dijo Fernando—. En verdad no debería haber hecho eso. Ni como terapeuta ni como amigo de don Cucho. ¡No sé qué me pasó!

—Te olvidaste de las diferencias y de que estás haciendo de mediador y medio psicólogo. Tocar no está permitido, por más peruano que seas —agregó don Cucho—. Y a ti, Valeria, igual que con el otro vecino, aquí tocar es parte de nuestra cultura —explicó a su nieta—. Ya verás que en un rato se te hace de lo más normal. Claro, no con tu terapista y tampoco si es con alguien que quiere propasarse o ya ser un mañoso…

—No hay problema. Y sí, me asusta que alguien que no conozco se me acerque de buenas a primeras. Ya saben que a los gringos nos gusta nuestro *personal space*, nuestro espacio íntimo, y como estamos condicionados a pensar que si alguien se acerca mucho, puede tener malas intenciones, la reacción es de turbación, de ofuscación, de pensar que algo "malo" va a pasar —contestó Valeria—. Básicamente, es una invasión de un desconocido. Creo que tengo razón.

—Bueno, ya veremos en unas semanas cómo te sientes al respecto —contestó don Cucho, sonriendo por haber logrado cambiar de rumbo la conversación, aunque fuere por unos segundos. Eso de espiar a su nieta a través de las redes de pronto le sonó de lo más asqueroso frente a los estándares de Valeria.

—Oye, abuelo don Cucho, sabes que andar mirando a una persona en las redes es bien de *stalker*, ¿no? —Valeria le interrumpió el pensamiento con una aseveración acerca de lo mismito.

—¿Qué es *stalker*? —preguntó el viejo en un inglés bien españolizado, aun cuando sabía la respuesta.

Fernando saltó a contestar:

—Ay, pues, don Cucho, ¿se le habrá olvidado que *stalker* es acosador a escondidas? —expresó feliz de saberlo, aunque en un inglés tan magullado que casi ni se entendió lo que pronunció.

Don Cucho volteó a mirar con furia a Fer y, sin decir nada, de inmediato se levantó indignado, empujó la silla contra la mesa y salió encrespado de la cocina mientras murmuraba irritado contra su vecino, su bocota, y su falta de refinamiento para captar que, en ciertas situaciones, como aquella, lo mejor es hacerse el desentendido.

Al verlo partir, Valeria concibió que acababa de tocar un nervio y eso le permitiría continuar la partida con su abuelo teniendo la sartén por el mango.

Fueron los ladridos lo que cortó en dos la abrupta salida de su abuelo. Un antes y un después. Una conversación suspendida en el aire con olor kion ahora olvidada momentáneamente a favor inmediato de un llamado canino que venía de afuera. Sin despedirse de Fer, Valeria salió al enrejado y luego subió las escaleras para ver mejor desde el segundo piso. Lo que vio la maravilló, corrían afuera docenas de perros de todo tamaño inundando el rectángulo central del parque. Atrás venían sus dueños llevando en sus manos las correas de sus mascotas que, al cruzar sus calles, quedaban sueltas. Los perros se olisqueaban, ladraban, se buscaban, se tocaban, eran una felicidad completa. Los vecinos se saludaban, se juntaban en círculos, algunos se sentaban en la vereda, en las bancas, otros colocaban pocillos con agua, una pareja repartía galletas a los canes a cambio de algunos trucos entretenidos.

Fer la vio arriba y subiendo le dio el alcance. Valeria contemplaba las partes de la escena fascinada. Le encantaban los perros. Allí había de todo, desde los pitbulls, los galgos y los dóbérmanes, hasta los chihuahuas, los salchichas y los terriers.

Desde el último escalón, el inquilino se detuvo para dibujarla con certeza de artista en su mente. Tenía el rostro transfigurado. Sus ojos brillaban con la alegría de una chiquilla. Movía las manos en el aire como queriendo alcanzar con la yema de sus dedos aquella dicha frente a ella, sentir el pelaje de los animalitos, ver su pegajosa saliva brotando de entre sus gigantescos dientes, oler el sudor de su piel domesticada. En sus labios se dibujaba una sonrisa.

Fer terminó de subir y se colocó cerca de ella, en el poco espacio que quedaba entre la escalera y la puerta de su apartamento. Valeria ni lo notó. El sol ya casi no alumbraba y se le estaba haciendo pesado detallar con absoluta precisión lo que veía desde esa torre.

Fue entonces que decidió bajar. Fer la siguió en silencio. No quería interrumpir aquel momento de iniciación en las costumbres y rutinas del barrio que a él le pareció de postal. Nunca había visto a alguien en un trance como aquel por la mera presencia de unos perros que para él eran más bien la pesadilla diaria de ladridos, gruñidos y peleas, junto con toda la bulla de sus acompañantes que a veces no se retiraban hasta tarde en la noche.

Valeria abrió el enrejado y cruzó la pista dejando la puerta abierta. Al llegar Fernando al primer piso, don Cucho lo tomó por el hombro antes de que saliese, indicándole con un gesto que dejara que su nieta fuera sola al parque. Para el viejo era como si por vez primera viera a su nietecita de chica interactuando con mascotas. Irresistible dejarla ser.

Sin detenerse a presentarse o pedir permiso para jugar con las mascotas, Valeria se acercó hasta donde estaba el grupo. Algunos perros la interceptaron en el camino, olisqueándola para identificarla, este era el requisito para ser admitida en la manada. Ella lo sabía, lo aceptaba con la ilusión de quien encuentra un tesoro en medio de la calle, iba ofreciendo sus palmas para que los animales la fueran lamiendo y así empezaran a reconocerla como su nueva amiga.

Dos mastines cruzaron corriendo a tal velocidad que casi tumbaron a Valeria a la vereda. Detrás trotaban unos jóvenes de su edad tratando de alcanzarlos. Sin detenerse, saludaron e hicieron un gesto de disculpa. Ella murmuró un «No se preocupen» al aire y esbozó una sonrisa al tiempo que giraba para regresar al grupo. Pronto una muchacha le dio la bienvenida.

—Hola. Tú eres Valeria, la nieta de don Cucho, ¿no? —le dijo ante su asombro. Al ver su rostro, la chica continuó—: Mi nombre es Yeniya. Vivo en el edificio que queda al lado de la casa de tu abuelo —dijo apuntando hacia su ventanal, en el cuarto piso—. Y esta es mi Kaclla —siguió mientras señalaba a su mascota.

Valeria se sorprendió al ver que el perro no tenía pelaje. Asustada, le preguntó a Yeniya si su animal tenía alguna enfermedad de la piel.

—No. Nada que ver. Es raro de primera impresión, pero no está enfermo, así es esta raza —contestó su vecina riéndose—. Kaclla es un perro viringo, también conocido como perro peruano o perro calato. Su gracia es que no tienen pelo. Ya existían desde la época preincaica, sobre todo en el norte del país. Mira que era tan reverenciado este perro que se creía que tenía propiedades curativas, así que lo invitaban a rituales de salud. Tócalo, sin miedo.

Valeria se acuclilló y todavía temiendo algún tipo de sarna, aproximó su mano con cuidado.

—No tiene nada. Te lo prometo. Lo puedes tocar sin miedo —insistió Yeniya.

—Sí, claro —contestó Valeria avergonzada por sus tontos temores—. Es que no quiero asustarlo —comentó tratando de salvar las apariencias.

Yeniya entonces se arrodilló al costado de Valeria y tomando su mano la dirigió hacia el lomo de Kaclla.

—Es mansito. ¡Y tan diferente su piel! Me gusta. Me encanta —comentó Valeria relajada mientras procedía a sentarse en el suelo de cemento cruzando sus piernas para poder mostrarse más amistosa con el perro.

—Bienvenida a nuestro grupo. Aquí estamos todas las noches después de la comida.

Sintiéndose salvado siquiera por esa noche, don Cucho decidió que lo que más le convenía por el momento era retirarse a su dormitorio lo más temprano posible. Antes de que Valeria regresara del parque.

El que sí se quedó esperando a su vecina fue Fer, quien desde el torreón del segundo piso se dedicó a mirarla con la fascinación de quien otea desde el oscuro rincón de una vida ordinaria a la mujer más extraordinaria del planeta. Y es que todo en ella le llamaba la atención, desde su flexibilidad para adaptarse a las situaciones hasta su capacidad de emocionarse con las cosas más simples. Desde que empezó a ayudar a don Cucho a seguirla en redes sociales sintió cierta atracción a esa mujer lejana que hacía una vida muy diferente a la suya en un país que se le presentaba como un lugar donde todas las puertas llevaban a la felicidad. Venía estudiando todo acerca de ella desde el anonimato de su computadora. Incluso cuando su vecino terminaba su sesión con una gran sonrisa por saber que su nieta estaba bien y bajaba a su casita a soñar que algún día la vería de nuevo en persona, Fer continuaba la asidua cacería dedicado a recoger los detalles que no compartía con el viejo. Nunca era suficiente. Quería saber todo acerca de ella, desde cómo tocaba las piedras calientes a la orilla de un lago en un día veraniego hasta la manera en que sus ojos mostraban tristeza, ilusión, alegría. En su entorno no conocía a nadie como Valeria. Las chicas por lo general pasaban de él. No lo veían como una persona completa. Lo medían con la vara de lo físico. Lo tasaban por la flacura de la billetera, por lo ordinario de la ropa que llevaba puesta. Lo evaluaban como inversión a largo plazo, calculando cuánto de provecho se le podría exprimir. Nadie se detenía a mirar dentro de su corazón, de su mente, de su espíritu. Así siempre saldría perdiendo. Y a él le parecía que la gran mayoría de las mujeres que hasta ahora había tratado eran superfluas, pura portada, puro tonito de voz acentuado por la pituquería, puro bla bla bla, puro aire, poca sustancia. Igual y tendría que conocerla un poco más, vaya a ser que también se le desinflara la imagen que armó de ella en su abultada imaginación.

Fernando le hizo adiós con la mano cuando Valeria por fin regresó a casa luego de jugar con todos los perros y conocer a varios vecinos.

—¡Fer! Hubieses venido. La he pasado muy bien. Los vecinos son muy simpáticos y sus perros también —dijo deteniéndose en el patio de la entrada para conversarle mientras miraba hacia arriba y se secaba con la mano el sudor que le corría por la frente.

—¿Te provoca una cerveza? —contestó Fer titubeando. *A lo mejor debería haber entrado cuando la vi venir del parque en lugar de esperarla*, se dijo a sí mismo, fastidiado por no saber cómo tratarla en persona porque el solo hecho de estar en su presencia lo hacía descalabrarse por dentro dejándolo impreciso en su estrategia.

Valeria hizo un gesto de aprobación y de un par de trancazos subió las escaleras de piedra negra.

—Esta vista de noche es espectacular —dijo colocándose cerca de la puerta para poder obtener el mejor ángulo posible en su campo de observación.

Fer le entregó la cerveza y ambos bebieron por un momento en silencio. En el parque, un pequeño grupo de adolescentes seguían las instrucciones de un entrenador de atletismo, realizando a cabalidad cada uno de los ejercicios que el hombre les iba dispensando.

—Uno puede seguir la clase desde aquí —dijo Valeria remedando el movimiento que los chicos hacían metros más allá al levantar una pierna hacia un costado hasta tocarla con los dedos de su mano—. Bueno, casi todo, que si se tiran al suelo sería imposible ver lo que están haciendo conmigo echada con la pared del balconcito tapándome todo.

Fer la seguía con la mirada. Sentía que Valeria estaba tan llena de vida como él estaba vacío de ella. Su único entretenimiento en los últimos meses había sido conocerla a través de imágenes y textos. Ahora la chica de sus sueños estaba allí, su aroma teñido de seguridad e irreverencia tornaba fresca la noche, sus palabras despercudidas de ansiedad rumoreaban al viento el inicio de un capítulo especial, su intensidad le daba ganas de vivir mil vidas.

—Y bien. ¿Qué me puedes contar de mi abuelo? —cortó Valeria el momento de ensoñación para hurgar en los secretos familiares—. Se me hace que hay algo acerca del pleito entre él y mi madre que no sé. ¿Qué hablo? ¡No sé nada! Pero es que tiene que ser algo bien grave como para que estén alejados de esta manera por años. ¿Sabes cuánto me costó encontrar al viejo? Eso no es normal —acabó mientras le daba un sorbo a la cerveza y la colocaba sobre el balcón—. Dime: ¿te parece que es normal? —le preguntó a Fer mientras se acomodaba el pelo.

—Yo no puedo estar compartiendo contigo lo que tu abuelo te debería decir en persona —contestó Fernando sintiéndose acorralado. Era su primera prueba como futuro terapista. Revelar secretos que no eran suyos le merecería una nota de desaprobado en cualquier facultad del mundo.

—¿Entonces sí sabes, pero no me quieres decir? —contestó Valeria furiosa, su cuerpo tenso hasta el último músculo.

—No te puedo decir, que es muy diferente. Tienes que hablarlo con tu abuelo, Valeria. Él te dirá todo si le preguntas. Ya encontrarás la manera.

—Lo sabía. No sirves para nada —dijo Valeria con una mirada de indignación que lo asustó. Luego ella bajó sin decir nada más y tiró la puerta cuando entró a su casa.

Un cosquilleo suave en la punta del pie, como si una pluma la acariciara, la despertó. Se sintió relajada, adormilada por la caricia del viento que entraba por su ventana junto al olor del pan recién horneado y el sonido de la corneta del panadero anunciando su llegada. De pronto el maullar de un gato le obligó a abrir los ojos del todo y saltar de la cama, sorprendida por lo que pensó sería una alucinación auditiva. Aunque no, no lo imaginaba, al pie de su cama un gato atigrado la miraba con curiosidad. Cuando Valeria se agachó para observarlo, él ronroneó, al tiempo que alzaba su cola para pasearla por la pierna desnuda de ella.

—Y tú, ¿quién eres y qué haces por aquí? —preguntó, acuclillándose para recogerlo del suelo. Y cuando lo quiso acariciar, este gruñó y, saltando de sus brazos, se acercó a la puerta de la habitación y, ofreciéndole una última mirada altiva, desapareció.

Valeria avanzó hasta el umbral para alcanzarlo, pero no lo vio, así que siguió caminando mientras hacía unos ruidos para llamarlo. Le costaba entender de dónde habría salido y por qué estaría en su cuarto, sin miedos ni remilgos.

Lo buscó por todos lados. Ni lo veía ni lo sentía. Parecía haberse esfumado. No se había percatado de su presencia en los días anteriores y tampoco vio un platito con comida para el animalito en ninguna parte de la casa.

Al pasar por el baño se encontró con su abuelo, a quien le preguntó por el gato.

—¿Tienes un gato? ¿Por qué no me contaste? ¿Cómo se llama? —preguntó mientras seguía buscando con la mirada por si se aparecía por donde estaban.

Don Cucho no supo qué responderle, no comprendía de qué le hablaba Valeria.

—¿Has visto un gato, hijita? ¿En esta casa? —contestó buscando encontrar la lógica a las preguntas de su nieta.

—En mi cuarto, ahorita, me ha despertado un gato precioso, uno que parece un tigrecillo con una cola larga y esponjosa, y los ojos de un color entre verde y amarillo.

El abuelo la miró con los ojos bien abiertos, lanzó una carcajada antes de contestarle:

—Es que aquí, con las ventanas abiertas por el calor, a veces se meten las mascotas de los vecinos. Sobre todo, ese gato del que me hablas. Ese es un pendenciero que aparece por todos lados. A veces viene a buscar comida y otras veces a buscar cariño. Yo creo que se aburre en su casa y se escapa a la aventura. Se llama Maúl. Como Raúl, sino que con la M de maullar —le explicó y siguió riendo—. Vive en el edificio de atrás, pero se cree que todas las casas en la manzana son su casa, ya que entra y sale como quiere. Me ha pegado unos sustos algunas noches que no lo he visto y de pronto me ha saltado al sofá en la sala mientras me quedaba dormido. ¡De infarto el desgraciado! ¡De infarto!

Contenta con la explicación, Valeria decidió que en verdad no le vendría mal una mascota y que si lograba amaestrarlo al tal Maúl, entonces también se aseguraría de que nada más entrase y saliese de su casa.

Rápido tomó su desayuno, regresó a su cuarto a ponerse la bata felpuda que se llevó "prestada" del baño de su abuelo, una que le quedaba demasiado grande por todos lados y que olía a viejo, moho, y *aftershave*, y subió a trancadas hasta el balconcito frente a la puerta de entrada del departamento de Fernando, desde ahí estaba segura de que divisaría al gato y entonces le sería más sencillo hacerlo regresar a su casa. ¿Cómo? No tenía idea. Su propia inocencia constituía un obstáculo menos para alcanzar su objetivo. Después de todo, la ignorancia es arrogante.

Por un momento se maravilló de nuevo con el paisaje frente a su vista. En su mente, ella se encontraba en un torreón y todo lo que estaba allá abajo constituía su reino. Y es que con esos ojos de ver con felicidad, aquello era un tesoro, una isla llena de aventuras infinitas que se renovaban con el llegar de cada día.

Un grupo de hombres vestidos de negro realizaban al unísono movimientos lentos, marcando con sus cuerpos cada detalle, cada músculo, cada reverberación de una coreografía de artes marciales. Valeria se hizo una con ellos, tratando de remedarlos como pudiese, sin siquiera saber el porqué de cada pose. La inspiraba ver el deleite en los rostros de ellos con cada esfuerzo logrado, demarcado por la exhalación de un sonido casi gutural en un idioma para ella desconocido.

Encontrar a Maúl desapareció de sus deseos inmediatos para ser reemplazado por la danza que se desplegaba en el parque con bailantes envueltos en gaseosos ropajes negros que parecían también moverse al son de las instrucciones de una mujer vestida de blanco. Mientras que los estudiantes eran jóvenes a ella se la veía ya en la segunda parte de su vida, de rasgos asiáticos y largo cabello negro y lacio, su rostro tenía la pacífica belleza de quien ha hecho las paces consigo misma. Pronto agregaron unos largos palos a sus pasos y entonces se convirtieron en soldados del viento, convirtiendo el aire en formas dibujadas con sus rústicos batones hechos de caña.

Con sus brazos desplegados en diferentes formas y las piernas cambiando de lugar en coordinación, Valeria se ejercitaba junto con el grupo allá abajo, danzando y danzando a la par, reflejando lo que hacían como si ella fuese su espejo. Sonreía, inhalaba, exhalaba, los músculos se le resistían, dolía forzarlos así, pero era un gozo lograr el objetivo, quedar como estatua por varios segundos, para luego soltar y pasar a otra pose.

Fer abrió la puerta en el mismo instante en que Valeria divisó a Maúl acercándose al grupo de artes marciales. Mejor dicho, ya estaba ahí. Lo vio moviéndose por entre las piernas de los hombres, ágil, felino, sin que ninguno se percatase de su presencia. Iba y venía enredándose en ese bosque de piernas, siempre saliendo y entrando a tiempo para que no lo pisaran al bajar las piernas o cambiar de pose, su larga cola rozando entre los pantalones, realizando una singular coreografía para su propio deleite.

La instructora fue la primera en notarlo, no quiso cambiar el ritmo o advertir a sus alumnos, de manera que se entretuvo viendo al gato incorporándose al grupo, como si de un reto se tratase.

Valeria saludó de pasada a Fer, de inmediato descendió las escaleras dando zancadas y abriendo la reja corrió hacia el lugar donde se encontraba Maúl y los danzantes de artes marciales. Al llegar casi hasta el otro extremo del parque, no detuvo su carrera, sino que, tratando de imitar a los estudiantes, hizo unos cuantos movimientos al tiempo que perseguía al gato dentro del grupo. Y cuando ya lo tenía al alcance de sus brazos, se agachó para recogerlo. El gato, al darse cuenta de su presencia, decidió que era momento de dejar esa entretenida situación. Así que salió corriendo y dejó a Valeria dándose de bruces contra el cemento.

Derrotada, Valeria regresó a casa, las mangas de la bata sobrándole en sus femeninos brazos, el largo ruedo arrastrándose sobre la inmunda acera, acarreando el sinsabor de no haber podido regresar con ese gato para hacerlo su mascota. Fer pasó a su lado, de salida para sus labores, le susurró al oído que no se diese por vencida. Ella hizo un amago de sonrisa. El cansancio la empezaba a inundar.

Don Cucho la recibió con el desayuno listo. Quería compartirle una idea para ese día. Ya era hora de que su nieta conociese mejor el barrio.

—Valeria, hijita, hoy me gustaría invitarte a que te vengas conmigo a mi trabajo —le dijo mientras le entregaba una taza gigantesca de café con leche que le acababa de preparar—. Fíjate que yo siempre necesito ayuda con los chinos, ya sabes que a veces toca entregar más de un paquete, sobre todo a las horas pico, como el almuerzo, y la verdad que no nos damos abasto. Me vendría bien la ayuda —terminó y pasó su mano bronceada, grande, arrugada, por encima de la mano juvenil, tersa, de un canela blanquiñoso por la falta de sol, de su nieta.

Valeria lo miró entusiasmada. Era verdad que ya tenía muchos días ocultándose en esa casa. Probablemente estaba fuera de peligro en aquel lugar, nadie la buscaría en un sitio tan remoto. Sus lazos con el viejo siempre fueron inexistentes, así que ni siquiera su propia madre se la podría imaginar en Lima. Aparte que sí que le gustaría conocer más de aquella ciudad que la intrigaba tanto. Todo en ella le parecía mágico, lleno de vida, un lugar de aventuras singulares en donde nadie la conocía, en donde podía empezar de nuevo sin acarrear nada, ni siquiera su pasado. Se le hacía una maravillosa propuesta. *Blank slate*. Pizarrón en blanco era ese lugar para ella. Claro, con la ventaja de tener un abuelo que parecía dispuesto a darle todo sin pedir mucho a cambio. Compañía, de hecho. Información, tal vez. Amor incondicional, siempre listo.

—Me encantaría acompañarte abuelo, te puedo ayudar en lo que quieras y de paso me enseñas cositas de este lugar que no podría adivinar por mí misma. ¿Crees que me puedes llevar a algún sitio donde comprar ropa de verano? ¡Me ahogo con las cosas que he traído!

—Por supuesto. No solo te ahogas, sino que nos estás apestando a todos con esa tenida que llevas puesta ya varios días —indicó el abuelo dándole una buena mordida a su pan con mantequilla y mermelada.

—Qué grosero, abuelo, así no se le habla a una chica tan simpática como yo. Aparte que me he estado bañando todos los días —contestó Valeria haciéndose la enojada—. Aunque sí tienes razón, es mejor si ya cambio de ropas a algo más fresco, que el calor de esta ciudad, ¡y sin aire acondicionado encima!, es agotador.

Al rato Valeria apareció con el largo cabello negro totalmente mojado, sus rulos congregándose en pesados tirabuzones que le llegaban a la media espalda, refrescada por un duchazo rápido. Quería preguntarle a don Cucho cómo iría ella a hacer entregas si no tenía con qué movilizarse. No tuvo que abrir la boca. Apenas salió al patio de entrada, se encontró con su abuelo parado al lado de una moto tipo Moped.

—¿Y esto? —preguntó, deteniendo su paso apurado para admirar lo que tenía frente a ella.

—Es una motoneta… —contestó su abuelo—. Me imaginé que querrías algo para movilizarte y me acordé de esta carcancha. Era de tu madre cuando tenía tu edad. Se la regalamos cuando cumplió los dieciocho. Desde que le dimos la llave no la volvimos a ver. Ni te imaginas cuánto le gustaba usarla. La presumía por todos lados. Sus otras amiguitas tenían que usar el micro para movilizarse. Nuestra Magdalena era como la reina del barrio con esta motoneta —continuó mientras Valeria lo escuchaba admirada, feliz de poder pasear sus dedos por lo que décadas atrás fue el objeto más preciado de su madre. ¡Diantres! Es que no sabía nada de ella antes de su vida en Estados Unidos. Viendo la motoneta se le ocurrió que quizás hasta fue más desparpajada, que tal vez en esa época juvenil sonreía para el diario, que a lo mejor en esos tiempos idos hubo calor en su piel, amor en su corazón, vida en su vida, que antes fue de arena y no la piedra inamovible e intransigente en la que se había convertido.

—Es una belleza. Me encanta este color, es bello el turquesa con gris… pero… yo no sé cómo manejar esto… —contestó Valeria al darse cuenta de que su abuelo ya le estaba ofreciendo que la montara.

—¡Ah! ¡No te preocupes! Esto se aprende en un toque. ¡Te va a encantar! Con las distancias tan cortas en Lima y el tráfico tan denso, es más fácil movilizarse en bici o motoneta —le dijo, indicándole tomar asiento en la Moped—. Está viejita, pero funciona perfecto. Yo te enseño ahorita y ya vas a ver que al finalizar el día regresarás a casa bien contenta.

—¿Y por qué no la usas tú en lugar de la bicicleta? —quiso saber Valeria mientras revisaba los detalles de la motoneta.

—Es que yo prefiero la bici para cumplir con el ejercicio diario. ¿No ves que estoy de campeonato? —contestó haciendo una pose musculosa con los brazos.

Valeria arrancó a reír, luego le dijo:

—Claro que sí, don Cucho, usted está regio para su edad…

—Ya quisieras llegar así de bien a esta edad —dijo arreglándose el cabello—. Ya vieras las viejas cómo se mueren por mí —chasqueó los dedos—. Todas, toditas… «Ay, don Cucho, qué bien lo veo». «No se olvide que tenemos un concierto en el parque, don Cucho, le guardo un sitio». «He hecho un pastel de acelgas que me ha salido delicioso, don Cucho. Ahora le traigo un pedazo». Como todavía me ven bien parado y pudiente, en muchos sentidos, no me faltan las pretendientas… ¿así se dirá? ¿Pretendientas? Ay, no sé, el caso es que todo está como cañón. Ya, súbete a la moto para enseñarte e irnos, que se nos hace tarde…

—Me pagarán por mi trabajo, espero —dijo Valeria, siguiendo las instrucciones de su abuelo para arrancar la motoneta.

—El pago es que yo te voy a comprar ropa y luego te voy a convidar del chifa que me regalen —bromeó don Cucho—. Ahora, concéntrate en manejar, que en un par de cuadras ya salimos a la avenida y ahí sí que la cosa se pone peliaguda.

Al doblar la tercera esquina del camino, tal como le fue indicando su abuelo, se encontraron en la avenida San Luis. Era un mar de tráfico y gente, que Valeria solamente podía comparar a las ferias veraniegas en Ohio, en donde las masas desesperadas por los intensos meses invernales salían en voluminosas manchas a cualquier evento al aire libre que les pusieran por delante. Conciertos en el parque, ferias de arte, ventas de cojudeces. Todo era consumido por el público que sabía que en tres meses regresaría el clima frío, gris, de hibernación y engorde total generado por la depresión y el aburrimiento.

Si el parque frente a su casa le parecía concurrido, al ver los maremotos de personas ocupando las veredas, de vendedores ambulantes ofreciendo desde chicles hasta maletas, de todo tipo de automóviles y buses casi saliéndose de la avenida de cuatro carriles (dos de ida y dos de vuelta), de monóxido de carbono envolviéndola a su paso por ahí, Valeria se sintió cercada, engullida casi, por la pesada realidad de la ciudad que se descosía por todos lados, sin poder darse abasto para atender a la multitud que no dejaba de pedir más y más. El ruido se le hizo insoportable, un bullicio desordenado, esquizofrénico, que sobrecargaba sus circuitos mentales hasta reventarle todas las conexiones y hacerle desear la sordera. Y es que le era difícil entender, organizar las palabras de manera lógica, como para que se dejase colocar en frases y oraciones con sentido. La ciudad escupía un lenguaje que se le hacía ininteligible junto con la toxicidad del ambiente.

Trató de que aquello no le chocase tanto, se imaginó estar en cualquier metrópolis populosa del mundo. Nueva York. Ciudad de México. Tokio. Eso le hizo sentirse mucho mejor. De pronto todo lo que la estaba oprimiendo se convirtió en objeto de interés. Abrió los ojos, afiló los oídos, agradeció la oportunidad de vivir lo que estaba viviendo con todos sus sentidos. Avanzaba por la pista, cerca de su abuelo, apreciando, siendo parte de la ciudad, quería pasar de observadora a participante.

Pronto llegaron a una cuadra en donde se podían apreciar restaurantes de comida china uno al lado del otro. Desfilaban frente a los ojos de Valeria los nombres de los chifas, con sus poéticos sonidos de dos o tres sílabas y sus letreros de neón diseñados con tipografía que se supone evocaba la china, mientras el conocido olor se estrellaba con fuerza contra sus fosas nasales.

Don Cucho paró su bicicleta en seco y le pasó la voz a Valeria para que se detuviese y avanzase con la motoneta apagada sobre la vereda hacia la puerta lateral del local del Chifa Wan Hu. Caminaron hacia un portoncito que casi ni se notaba y luego de saludar a un panzón que hacía la guardianía del restaurante, dejaron la bicicleta y la motoneta en un estrecho pasadizo que en la parte trasera fungía de depósito para el restaurante y en la de adelante era el garage de los de *delivery*.

Al salir, don Cucho conversó un momento con el gordo, le presentó a Valeria y, luego de discutir los partidos de fútbol que pronto se jugarían, tomó a su nieta del brazo y caminó hacia la entrada del chifa. Cerca de la puerta, una mujer regaba la vereda. Valeria no pudo comprender para qué, pero con el tiempo se dio cuenta de que una ciudad como Lima, con la suciedad que se amontonaba y la falta de lluvia, lavar las aceras era un ritual de limpieza.

Pasaron por un amplio comedor de mesas redondas dispuestas para ocho comensales, con manteles de satén blanco y sillas completamente vestidas, también en satén blanco, adornadas con un inmenso moño rojo carmesí en la parte trasera. Los cubiertos y las servilletas ya se encontraban colocadas, así como copas volteadas y algunos condimentos. La luz tenue le daba ambiente al lugar.

Al llegar a la trastienda del local, don Cucho tocó a la puerta de una oficina y sin esperar la respuesta ingresó con su nieta.

—Señor Chan, ¿cómo está? Le quiero presentar a mi nieta, Valeria. Como le conté el otro día, ella se estará quedando conmigo un tiempo y considero que sería beneficioso si la ponemos a trabajar a mi lado, tanto en las entregas como en otras cositas que se presenten. ¿Le parece? —preguntó el abuelo como quien está repitiendo un pacto ya conversado para su confirmación.

El señor Chan, o Chan a secas, como le decían la mayoría cuando no estaban en plan formal o lejos de esa oficina, miró a Valeria unos instantes bastante largos para el gusto de la chica. Tanto así que se empezó a preguntar si Chan sería un poco mañosito, pero como no la miraba con ojos de "ver" a través de su ropa, dejó su preocupación en el vestíbulo de su mente apenas se empezó a formar.

—Ya era hora de que la trajeras por aquí —dijo el dueño en un castellano correcto. Cosa que confundió a Valeria hasta que reconoció su racismo y recobrándose saludó al hombre extendiendo su mano, la cual quedó colgada en el aire pues él ya se había levantado de su asiento y avanzando hacia el costado del escritorio la abrazó y le plantó un beso en la mejilla. Valeria se ruborizó, pero ninguno de los dos hombres lo notó—. Bienvenida Valeria. A ver si le alegras la vida a tu abuelo —continuó y dándole una palmada en el hombro a don Cucho, se despidió—. Me la traes a casa uno de estos días. Carmela estaría feliz de conocerla… ya sabes que además le buscaría un enamorado —le dijo y los dos rieron, aunque a Valeria le pareció una pésima idea. Ella no estaba ahí para enamorarse. ¡Para nada!

Era temprano, momento para empezar con los procesos restauranteros que iniciaban horas antes de que apareciese el primer comensal. Don Cucho llevó a Valeria a la cocina, el corazón de todo restaurante. Ahí se encontraban varios empleados picando verduras y carnes de todo tipo y otros tantos preparando arroz y dejando los wantanes y otras delicias de la comida china listas para freír. Era un enjambre de destrezas que en armonía alistaban lo necesario para el día. Ya con la experiencia sabían bien cuánto se necesitaba de cada cosa.

El abuelo iba muy orondo, sonriendo orgulloso mientras presentaba a su nieta. La joya que siempre le faltó y que por fin tenía consigo.

Valeria caminaba despacio, deteniéndose en cada estación para saludar muy respetuosa y preguntar por lo que le tocaba hacer a cada uno. Se maravillaba con cada respuesta y con lo que iba aprendiendo. Para ella eso se trataba de una fiesta visual de colores que en poco rato se transformaría en una de aromas y más adelante en la más especial, la de sabores.

—¿Por qué se le dice chifa? —le preguntó a su abuelo cuando ya iban saliendo de la cocina para reportarse en la zona de pedidos.

—¡Ah! ¡Eso es muy especial del Perú! El chifa es la comida china con gran influencia de la gastronomía peruana, así que este sabor no lo vas a encontrar en ningún otro lugar del mundo. Se dice que la palabra surgió a inicios del siglo pasado cuando los limeños se dieron cuenta de que los inmigrantes chinos, predominantemente cantoneses, utilizaban la palabra "chifan" como su llamado a comer. "Chifan" viene de "chi" que significa "comer" y "fan" que significa "arroz".

—¡Ahora tiene sentido! —contestó Valeria—. Eso sí: ¡ni se te ocurra hacer de casamentero con la esposa del señor Chan!

—¿Qué pasa? ¿No te gustan los chinos? —bromeó don Cucho.

—Ay, abuelo. Ni que una fuera así…

—¿Así? ¿Cómo? ¿Así de racista? —dijo con un desparpajo que la dejó sintiéndose abrumada y con el rostro encendido por la vergüenza que le causaba, no tanto las palabras de su abuelo, sino sus propios sentimientos que ella misma juzgaba horrorosos.

—No te sientas mal por tus gustos, Valeria. Uno no puede sentirse atraída a lo que no le atrae. Eso no te hace una mala persona. Siempre y cuando no te comportes como si fueras superior con otros. O dejes de conocer a alguien debido a quiénes son o de dónde vienen, tus gustos son tuyos. Es como sentirte incómoda porque no te gusta algún tipo de comida, un color, o una moda. Eso es una tontería... ¿no te parece?

Valeria miraba a su abuelo como si le estuviera haciendo la revelación de algún mandamiento perdido. Era lógico lo que le decía, pero nunca lo hubiese pensado de esa manera. Y es que poder sentir lo que sientes sin ningún tipo de condiciones, poder tener tu propia opinión, independiente de lo que "todos" piensan, era algo tan liberador, algo que nunca se planteó o pensó posible.

—Ni creas, tal vez a ellos tú les pareces fea... hasta desabrida. Como que nos ven a los blanquitos todos igualitos... —dijo don Cucho y Valeria se llevó las manos a la boca, su cuerpo hervía de la vergüenza que esa conversación le estaba causando—. Vamos, ¿me vas a decir que tu problema con los chinos es que todos te parecen igualitos... de feos?

—Abuelo, no hables así... Mira, para que te calmes, te prometo que voy a darles una oportunidad a todos y cada uno de los pretendientes que me pongan por delante los Chan —dijo y se puso el dedo en la boca indicándole que callase.

Don Cucho sonrió y tomándola del brazo siguió caminando con ella en silencio. A lo lejos, el vacío empezó a llenarse con la música de la radio. Era hora de abrir el chifa.

Pronto iniciaron las faenas para don Cucho y Valeria. Los pedidos llegaban, los armaban en la cocina, y luego los llevaban al apartado en donde iban colocándose las bolsas con los nombres y direcciones de los clientes. Muchos de los que realizaban *delivery* lo hacían en motos que tenían en el asiento de pasajeros una gran caja térmica en donde podían llevar varios pedidos a la vez y a distancias de varios kilómetros. Al abuelo, en cambio, al preferir su bicicleta, se le asignaban los pedidos a entregar en calles cercanas al Wan Hu.

En esos primeros días, y debido a que Valeria no había salido más allá del parque, decidieron que harían las entregas juntos. Al abuelo le pareció que hacerlo así les permitiría harto tiempo para conversar, además de ir mostrándole las diferentes zonas del barrio a su nieta, y así irla entrenando para que pronto pudiese salir a trabajar sola.

El área que cubrían iba desde la avenida San Luis hasta la avenida Aviación, cerrado por la avenida Las Artes y la avenida San Borja Norte. Un rectángulo lleno de edificios de cuatro pisos y unas pocas casas que todavía quedaban en pie luego de que el *boom* de la construcción convirtiese a casi todas las casitas en lucrativos lotes en donde se erigieron edificios de ocho o diez departamentos en total. Es decir, que donde antes hubo una familia ahora habitaban ocho o diez. Don Cucho nunca estuvo a favor de aquella tugurización, fue por eso que nunca vendió cuando vinieron ofreciéndole muchísimo dinero por su casa. Le parecía un desastre. Igual nadie le hizo caso y fue uno de los pocos que no entregó lo suyo por billetes que pronto a sus vecinos se les acabaron.

Antes de salir, don Cucho pidió un uniforme de verano para Valeria.

El trabajo fue arduo, agotador, una docena de pedidos fueron entregados a clientes que en su mayoría los recibieron felices. «El hambre hace salivar a cualquiera frente a una bolsa de comida. Somos la caballería de los hambrientos», decía don Cucho cada vez que terminaban una entrega. Valeria se reía. A pesar de lo duro de la labor, estaba disfrutando la compañía de su abuelo y el conocer mejor a los limeños, así fuese en un intercambio muy corto.

Al finalizar su turno, regresaron al local. Felizmente todo se pagaba a través de la aplicación, así que no les tocaba cargar con dinero en efectivo ni dar cuentas. Mientras el abuelo departía con sus amigos en la cocina, Valeria seguía pensando en la conversación tempranera y en que debía buscar una manera de congraciarse con esos pensamientos tan feos e irracionales. Decidió que sería mejor empezar a entender la cultura, de manera que no se dejaría llevar nunca más, o por lo menos no tanto, por sus propios prejuicios y estereotipos mediáticos. Nunca tuvo un amigo chino. Es más, se le confundían los chinos con los japoneses con los tailandeses con los vietnamitas… con todos, pues. Ni siquiera sabía distinguir uno de otro. Era como cuando a ella le decían mexicana.

Igualito que eso, como si todos los latinos fuesen la misma cosa. Tenía que desasnarse y ese trabajo le brindaba una gran oportunidad.

Fue directo a la oficina del señor Chan. Después de agradecerle por el empleo, le hizo una pregunta que pensó sería sencilla de contestar y llenaría de orgullo binacional al dueño del restaurante:

—¿Por qué este chifa se llama Wan Hu?

—Bien, Valeria. Esa es una pregunta que pocos me han hecho y es algo de importancia —contestó el restaurantero sonriente—. Fíjate que por allá en el 2000 antes de Cristo regía la dinastía Ming en la China. Wan Hu era un hombre que trabajaba para el Gobierno, un científico y poeta al que se le conoce como el primer astronauta del mundo. Se dice que Wan Hu era una persona aventurera, que se aburría mucho con su trabajo gubernamental y entonces buscaba conocer otros lugares y hacerse un nombre para sí mismo a través de sus descubrimientos y conquistas. Casi se muere cuando se enteró que, según las creencias de su época, ya todo el mundo había sido conquistado y poblado. Siguió pensando en qué otras cosas podía hacer para dejar su marca. Entonces una noche, mirando al cielo, se le encendió la chispa y quiso llegar a la Luna. No existía en ese entonces ninguna manera de realizar el viaje. A Wan Hu se le apareció en la mente la idea de hacerlo utilizando una silla con explosivos atados a ella que sirvieran como propulsores. Los Ming eran en esa época los líderes en el tema de cohetes, explosivos y pólvora, así que los materiales y la inspiración se encontraban a su disposición. Wan Hu estaba seguro de que la misma tecnología utilizada en la guerra y en la creación de fuegos artificiales la podría utilizar para llegar a la Luna. Así que Wan Hu construyó su "nave espacial" con una silla de metal a la que les añadió dos cometas para poder dirigir su cohete y colocó cuarenta y siete explosivos en la parte de atrás. Se sentó en este aparato y le pidió a su sirviente que encendiera las mechas de los explosivos. Obviamente, lo único que ocurrió fue una explosión muy grande y la desaparición de la silla y de Wan Hu. Con lo cual todos pensaron que en verdad había logrado su sueño de llegar a la Luna —terminó la historia el señor Chan, muy complacido por ver a Valeria enganchada a cada palabra, asombrada por lo que acababa de escuchar, quizá hasta deslumbrada por las aventuras de Wan Hu y muy orgullosa por trabajar en un restaurante con ese nombre—. No sé si habrás notado unos grabados colgados en todo el comedor. La mayoría no les presta atención pensando que es "cualquier cosa china para decoración". Te contaré que esos son unos dibujos que han pasado por generaciones y que van mostrando todos los pasos que fue tomando Wan Hu para lograr su objetivo de construir el primer cohete a la Luna y ser el primer astronauta. Es como cuando vas a la iglesia y avanzas de vitral en vitral siguiendo el *Vía Crucis,* sino que aquí es parte de la historia de China que muy pocos conocen. Ahora tú eres conocedora. Acompáñame para mostrarte las figuras, de paso que te las voy explicando. La nuestra es una cultura que viene de milenios atrás. Muchos se burlan de nuestros ojos rasgados, de nuestro acento diferente, pero en verdad somos parte de muchas culturas a las que les hemos ido agregando nuestros conocimientos de tantas cosas.

—Como el chifa —indicó Valeria con orgullo prestado. Entender al mundo era algo que le fascinaba y el señor Chan se dio su tiempo para explicarle. Ahora lo respetaba más.

—Claro. Como el chifa —contestó el señor Chan—. Lo que pasa es que muchas veces las personas en un país piensan que inventaron algo cuando en verdad tomaron de otra cultura como base y ni siquiera se dan por enterados. Ahora que sabes de Wan Hu, ya algo en ti ha cambiado. No vas a mirar a los chinos de la misma manera. ¿Verdad?

—Creo que no —replicó Valeria emocionada por lo que le decía el señor Chan. Wan Hu no era un episodio suelto, sino uno de muchísimos de una cultura con la que hasta ese momento nunca interactuó—. Nos enseñan muy poco de historia universal en los Estados Unidos. Incluso ahora es peor, muchos políticos, cegados por el odio a los demás, adoctrinan diciendo que los malos son los extranjeros, especialmente los que no son millonarios… no es una excusa para mi ignorancia, pero…

—Pero es una explicación —intervino el señor Chan salvándola de aquel momento vergonzoso—. Aquí vas a aprender mucho. Aquí, en el Wan Hu. Aquí, en Lima. Aquí, con tu abuelo. No te desesperes. No es tu culpa que no te hayan explicado el mundo como es. Aquí vas a aprender —le dijo con una expresión de compasión en su mirada. Valeria le devolvió una media sonrisa.

Esa tarde, antes de regresar a casa, pasaron por el mercadito cercano al restaurante para hacerse de unos vestidos veraniegos bastante frescos, junto con unos polos y pantalones cortos para que Valeria tuviese algo que ponerse durante los duros meses de verano, en donde lo único que la mayoría tenía para combatir el calor eran ventiladores, abanicos, y dejar puertas y ventanas abiertas para que refrescase dentro de las casi siempre hirvientes viviendas. Debido a la baja presión del agua y la falacia de la terma, ya Valeria había aprendido a ducharse con unas gotitas de agua fría. Su abuelo le explicaba que los problemas con el agua se debían al hecho de haber metido diez veces la cantidad de personas para las que se construyó el barrio original. Ahora sobraba la gente y faltaban los recursos. Ella extrañaba su ducha gringa, con agua caliente y presión para regalar, aparte de los diferentes tipos de masajes corporales acuáticos que el aparato le permitía disfrutar, aunque no le parecía tanto el sacrificio a cambio de poder esconderse de quienes la buscaban. Sabía que tarde o temprano regresaría a disfrutar de los beneficios de vivir en Gringolandia. Mientras tanto, a gozar de la aventura y la experiencia tan única que era vivir así, tan diferente para ella, aunque fuese lo normal para los limeños.

Un temblor en todo su cuerpo la sobrecogió al pensar en aquel momento, una tarde de invierno en Ohio, en donde su mundo se le vino abajo. Pensó que disimuló el nerviosismo que de pronto la embargó, pero el cambiar de pronto su tono de voz y su manera de expresarse de su natural alegre, ágil y ligero, a un estilo oscuro y pesado, la denunció frente a su abuelo.

—Estás callada, Valeria… Eso es raro en ti… ¿en qué piensas? —preguntó al momento en que vio su rostro pasar de su entusiasmo normal a uno ceñudo, como si llevara a cuestas demasiadas preocupaciones para su juventud.

Valeria lo miró tratando de disimular de alguna manera aquello que le pesaba hasta en los huesos cada vez que se callaba y con su silencio permitía la entrada de pensamientos tan intrusivos como devastadores. ¿Tal vez por eso se había vuelto tan habladora?

—Vamos, que sabes que llevas todo escrito en el rostro… ¿no? Hasta un aprendiz como Fernando lo podría ver a la legua. Es más: seguro que ya te ha preguntado…

Valeria quiso responder, pero decidió quedarse callada. Avanzaron un poco más, ya quedaban unos pocos pasos para llegar a casa y ver su conversación interrumpida por los vecinos.

—Mira: todo tiene solución, menos la muerte. ¿Entiendes? Ya es hora de que me vayas soltando la verdad. Si no, te voy a fastidiar para siempre. Lo sabes, ¿no? —expresó don Cucho. No quería dejar pasar el momento. Ya la veía casi lista para hablar de aquello que la hizo viajar miles de kilómetros, con ropa de invierno y sin teléfono móvil o siquiera un computador portátil.

—Primero tú —dijo Valeria saliéndose por la tangente.

—¿Cómo que yo? —se hizo el que no tenía nada que decir.

—Primero tú me cuentas de tu vida… por ejemplo, me gustaría saber dónde está la abuela. No he visto nada de ella en la casa y tampoco la mencionas. Mi mamá tampoco habla de ella. Es como si nunca hubiera existido.

Don Cucho la miró desconcertado, aunque en su pecho hervía un intenso sentimiento de emoción por lo perspicaz que era su nieta al saber sacar sus propias conclusiones. Para nadie en el barrio era un secreto lo que había pasado con su esposa. Era vergonzoso para él, ya que no supo mantener la estabilidad de su hogar. Sabía que de seguro su nieta podía conseguir esa información de cualquiera, aunque calculó que mejor decírselo él en persona.

—¿Te acuerdas el primer día que apareciste por aquí, con un taxista que te dijo que vivía por allá en los cerros? —dijo mientras se detenía y señalaba en línea recta desde su casa hacia las casas en los cerros que se extendían a lo lejos frente a ellos.

—El Agustino —recordó Valeria. Y se sintió impresionada de no haberlo olvidado—. El nombre del chofer es César Bernabé y su hijito, el ladroncito, es Samú. Y cuando él dijo que vivía por allí, tú completaste con el nombre del lugar y luego dijiste: «Cerca en distancia, pero un mundo aparte en todo lo demás».

—Eso mismo —contestó don Cucho—. Pues el hecho es que tu abuela vive allí, en el cerro, como si no tuviera casa ni familia —su voz se quebró. Cada que lo pensaba, su mente explotaba con indignación y su cuerpo sentía de nuevo el flagelo de la intensa soledad en que quedó luego de su partida—. Tan cerca que casi lo puedo tocar, tan lejos que no importa cuánto la quiera de vuelta a mi lado, ella nunca dejaría a su nueva "familia".

Se detuvo. Le costaba tanto decirlo en voz alta. Él, un renombrado psicólogo, incapaz de detener los deseos más íntimos de su propia esposa, incapaz de entender que en ese matrimonio siempre existió una brecha del tamaño del Cañón del Colca, incapaz de ver las necesidades de aquella mujer a quien prometió amar hasta que la muerte los separase. Su falta de visión no tenía perdón. Fue por eso que la dejó ir sin cuestionarle nada. Y ahora le tocaba explicárselo a su nieta. Esperaba que tuviera más comprensión, compasión y empatía que su hija Magdalena.

—No entiendo. ¿Por qué se fue? ¿Ya no se querían? —preguntó Valeria. Todavía en esa época creía que existía una sola razón para que una pareja se separase.

—Nos queríamos. Y mucho. No fue eso lo que nos separó. Fue algo más fuerte. Algo que para mí fue imposible de detener. Algo con lo que no podía competir… Tu abuela siempre tuvo vocación de servicio hacia los que tienen menos, los marginados, los olvidados por todos nosotros. Hubiera sido mejor que tomase los hábitos antes de convertirse en esposa y madre… así nos hubiéramos evitado innumerables penas… así nuestra familia hubiese tenido la oportunidad de sobrevivir, de ser feliz, de ser "normal", como dicen en el lenguaje popular.

—¡Espera! —gritó Valeria al entender que una gran revelación estaba pasando por entre las líneas—. ¿Mi abuela es monja? ¿Eso es el gran secreto familiar?

—Es… bueno, ya es, ya tomó los hábitos… pero no lo era cuando se fue.

—Bueno, sigue abuelo… —indicó Valeria mientras masticaba la idea de tener una abuela monja. Ella, que era más atea que el diablo, ahora tenía que imaginarse a un miembro de la familia que vivía en pobreza y encima no se acostaba con nadie.

—Todo fue bien de a pocos. Iban pasando las cosas frente a mí y yo ni enterado porque estaba muy ocupado con mis pacientes y mis investigaciones. Más bien, me daba gusto que tu abuela hubiese encontrado algo que hacer. Ya sabes que en esa época las mujeres se quedaban en casa con los hijos, y eso era algo que podía convertirse en rutinario y aburrido. Al comienzo iba con unas amigas del vecindario a hacer trabajo comunitario en la parroquia, todo normal hasta ahí porque todo eso sucedía cuando yo salía a trabajar y ya para la noche, cuando yo regresaba a la casa, ella ya estaba ahí. De pronto empezó a ir a las barriadas, todo con la parroquia y las amigas durante el día. A veces me hablaba de lo que hacían y de la pobreza en la que vivían tantos. Yo le hacía gestos de interés de cuando en cuando, aunque la verdad es que mientras ella hablaba yo iba masticando mis propios pensamientos y solucionando las cosas del trabajo para el día siguiente. No veía la transformación que estaba ocurriendo en ella. Mejor dicho, no me di cuenta de que ella iba encontrando su verdadero ser, su espíritu, su misión. Y, con todo ello, su voz. Alguna vez me trató de invitar a que la acompañe a trabajar en las barriadas. Quería que yo viese lo que ella veía, que yo, que tenía poder por ser hombre y doctor, hiciese algo. Pero no. Nunca fui. No me interesaba. No le veía la utilidad, el beneficio. Te imaginas: ¿querer sacarle algo a una ayuda comunitaria? ¡Si seré un baboso! Poco a poco empezó a dejar de venir en las noches. Al principio fue una noche, con su respectiva excusa. Después dos, tres, cuatro… Hasta que un día simplemente dejó de venir. Al mes me mandó una nota de despedida. Ni siquiera pasó a recoger sus cosas. No quería enfrentarse conmigo, gastar su preciado tiempo en alguien que nunca la escuchó. Al cabo de un par de años nos divorciamos. Cuando se vio libre de sus nexos familiares, tomó los hábitos. Se dedicó por completo a su verdadero amor: la iglesia y su trabajo con la gente del cerro. Valiente terapista soy, que perdí a mi esposa, a mi hija y a mi nieta casi al mismo tiempo.

Esa noche no comieron juntos. Don Cucho dijo que le dolía la cabeza y se encerró en su cuarto. Valeria lo podía escuchar llorando. Las ventanas abiertas no permitían mucha privacidad en la casa. Quería consolarlo. Era su culpa que su abuelo hubiese tenido que revivir una de las peores cosas que le pasaron en su vida. Fastidiada por su propia incapacidad, subió a conversar con Fernando mientras que esperaba a que salieran los perros.

Esta vez Fer estaba mejor preparado para recibirla. Apenas la sintió subir, abrió la puerta de su departamento y al encontrársela en las escaleras tan triste la invitó a pasar con un simple gesto de su mano. Había tenido prácticas esa tarde en la universidad. Al ver que era casi cuarenta minutos pasados de la hora en que normalmente se comía en casa de don Cucho cuando regresó, y sabiendo que la puntualidad era un tema con el viejo, ya no se detuvo a saludar o comer con sus vecinos, sino que aprovechó para subir y darse un buen duchazo con agua helada y cambiarse a algo fresco. ¡Venía muy sudado! ¡Apestoso seguro!

Al entrar al departamento, Valeria abrió la boca emocionada al ver la tremenda vista del parque, todo el vecindario en realidad, a través de los ventanales que se extendían a lo largo del frontis.

—¡Es que esto es una verdadera maravilla, una preciosidad, el mejor lugar de todo el teatro! Desde aquí te enteras de la vida y milagros de todos y cada uno de los vecinos. Lo sabes, ¿no? Sabes que estos ventanales son tu entrada gratuita a las mentes de todos estos seres humanos, ¿verdad? —explicó Valeria caminando de un extremo a otro de la fachada del departamento—. Abajo se ve una cantidad minúscula en comparación contigo. Hay muchos obstáculos y las ventanas son más chicas que estas. Aparte que no estamos en altura, como aquí.

—¿Qué ha pasado, Valeria? Abajo está todo apagado… Como que muy fuera de lo normal para tu abuelo…

—¿Y qué tal si me mudó aquí y tú tomas mi cuarto abajo? —le contestó evadiendo el tema.

—¿Por qué has subido, Valeria?

—Estaba aburrida… —explicó mientras barría con la mirada los pocos muebles y adornos en ese departamento. Ninguna personalidad, sin conexión emocional al lugar. Esa fue la impresión que tuvo a primera vista. Como si él estuviera de paso o no quisiera arraigarse en ese lugar.

—En serio, que yo a tu abuelo le tengo mucho aprecio. Algo está fuera de sitio.

—Dice que le duele la cabeza… ¿Tienes una cerveza? Viéndote con el agua que todavía te chorrea por el cuerpo se me ha antojado algo bien helado… ¿Tienes?

Fer hizo un gesto con la cabeza y caminó unos pasos hacia la cocina. Regresó con la cerveza para Valeria y se le entregó junto con un vaso.

—A pico nomás —dijo Valeria y destapándola empezó a beber con rapidez. Cuando se sintió satisfecha, colocó la botella sobre unos *pallets* que hacían de mesa frente a las sillas de plástico en donde se encontraban sentados. Definitivamente un ambiente improvisado de alguien que algún día se iría. Le dio pena ese pensamiento, Fer era compañía para su abuelo.

—¿Ya está? ¿Eso era todo lo que querías? —preguntó Fer. Sintió que sus palabras salieron de una manera brusca. Tenía que trabajar en sus modales. Sabía que podía ser seco cuando se impacientaba.

Valeria dio otro sorbo a su cerveza, empezó a jugar con la etiqueta, como siempre hacía cuando no sabía cómo expresar sus sentimientos de desconsuelo.

—El abuelo me ha contado de la abuela. Le ha causado mucha tristeza. Cuando hemos llegado a casa se fue a su cuarto y ha estado llorando —explicó—. Es mi culpa por jalarle la lengua… Me imagino que tú sabes la historia…

—Lo hemos conversado. Y sí, es muy doloroso lo que le ocurrió. Aunque a mí me parece que en realidad ella ya tenía esa vocación desde siempre… y capaz sí estuvo enamorada de tu abuelo cuando se casó, pero ayudar a los más pobres la llamaba. No lo dejó porque no lo quería, sino porque para ella su misión siempre estuvo en los cerros y no de esposa, mamá y ama de casa… Él la perdonó hace tiempo. Eso no quiere decir que no le duela no tenerla a su lado. O que no le humille no haberla podido retener, siendo un psicólogo que ha podido ayudar a tantos y no se pudo ayudar a sí mismo. Le habrá parecido un desastre lo que le pasó. Déjalo, ya vas a ver que se repone —le dijo para que se tranquilice—. Tu abuelo es un hombre muy bueno a quien le han pasado cosas feas. Ya lo irás entendiendo.

—¿Y no hay nada que se pueda hacer? ¿En serio? A lo mejor ya se le pasó la vocación a la abuela y la podemos convencer para que regrese con él —quiso aclarar Valeria. Quería que su abuelo fuese feliz.

—¿Podemos? —contestó Fer sobresaltado—. Yo no me quiero meter en nada de eso… Esas son cosas muy personales, Valeria.

—Es que tú me podrías ayudar a buscarla. Podemos ir a verla. Convencerla de que regrese. Es lo mínimo que nos toca hacer por alguien que se desvive por los demás. ¿No crees? —insistió Valeria.

—A lo más, te puedo ayudar a buscarla. Eso es todo. Hasta allí llegaría. Lo otro ya es cuestión tuya. No me pidas que me inmiscuya donde no me han llamado. Igual deberías hacer tú. Quién sabe si trayéndola de nuevo a su vida le arruinas la estabilidad que ha logrado a fuerza de años de voluntad —la miró con extremo nerviosismo. Ya veía que Valeria era de armas tomar, que su presencia causaría ciertos estragos en la normalidad que tanto le gustaba. Incluso así, le gustaba su personalidad. Alguien que no se sentía satisfecha con dejar las cosas como estaban.

Don Cucho recibió a Valeria a la mañana siguiente con una humeante taza de café con leche y el consabido chancay de desayuno. Tarareaba un bolero alegre de su época mientras colocaba mermelada y mantequilla sobre la mesa e iba instalando el servicio para el puesto de Fernando. No parecía el mismo de siempre, sino una versión forzada a verse contento. Requetefeliz. Azucarado hasta decir basta. Como si quisiera demostrarle a su nieta, y a él mismo, dicho sea de paso, que su mujer ya no le hacía falta, que tanto así no la recordaba, que le daba lo mismo si la volvía a ver en su vida o no. Quería mostrarse positivo. Presente y futuro. *"El ayer es un decir, el ayer es un pasar. En la vida hay que vivir, este día hay que bailar..."*, cantaba a todo volumen, de rato en rato pasando cerca de Valeria, tocándole el pelo hasta hacerlo bailotear.

Su nieta lo conocía ya lo suficiente como para entender que aquello era un acto con la intención de hacerle olvidar el corazón rasgado que le mostró la tarde anterior. Igual, se propuso seguirle la corriente. Ya se sentía bastante culpable por haberlo hecho hablar. Aparte que en su mente se formó una tozuda idea al conversar con Fernando. Le tocaba buscar a la abuela, sí o sí.

—Vamos, termina de desayunar, rápido vete a ducharte. ¡Sácate la cama de la cara, que hoy nos vamos de paseo!

—¿Qué es eso? —preguntó Valeria.

—Bueno, eso es cuando uno toma un medio de transporte y se va a otro lado para dar una vuelta, conocer… ya sabes, pues, lo que es un paseo…

—No. Graciosito estás… Me refería a eso de "sacarme la cama de la cara".

—Que está llena de arrugas por las sábanas —contestó Fer, sentándose—. No eres la única "víctima" de sus estados eufóricos mañaneros o de sus dichos y canciones inventadas —se carcajeó mientras tomaba un chancay y un pan francés de la panera—. Tu abuelo nos pone en "fa" en la mañana.

—¿En "fa"? —preguntó Valeria.

—Que nos alista, que nos despierta, nos da energía con sus payasadas…

—Ah…

—Yo tengo que irme a la U para clases —dijo Fernando apurándose a terminar su café humeante—. ¿Y ustedes qué van a hacer?

—Ah… Aprovechando que es sábado y no trabajamos, nosotros nos vamos de paseo…

—¿Y a dónde?

—Es una sorpresa. Ya te contamos en la tarde, cuando regresemos.

—Es una sorpresa para mí —gritó Valeria desde el pasadizo—. Porque él sí sabe a dónde vamos —y se rio mientras cerraba la puerta del baño.

Al rato salió Valeria luciendo un vestido floreado, bastante veraniego, que se había comprado en el mercadillo a donde la llevó el abuelo cuando entró a trabajar en el chifa del señor Chan.

El día se mostraba soleado, precioso, cuando salieron de la casa. Don Cucho llevaba puestos unas bermudas de mezclilla y una camisa estampada con palmeras y olas del mar.

—Dime, Valeria, ¿alguna vez has tomado un taxi en la calle? —preguntó mientras la guiaba por las calles del vecindario.

—La verdad que muy pocas veces. Los taxis son muy caros donde yo vivo y la mayoría de gente maneja su propio carro. Yo tengo un carrito medio destartalado, un Toyota rojo, de cuatro puertas, que ya lleva una década encima, probablemente dos décadas, ya que lo compré usado, pero todavía enciende y me lleva a donde necesito llegar. Aparte que no se malogra tanto.

—¡Ah! Me vas a tener que mostrar una foto —contestó el abuelo mientras se detenían en una avenida grande y él hacía un gesto con la mano a un carro que se aproximaba mostrando un letrero que decía "taxi" en un cartón escrito a mano y colocado en la ventana—. Pues aquí los taxis son todavía económicos. También tenemos micros, buses y tren eléctrico. ¡Apuesto que en tu pueblo no tienen todo eso!

—No tenemos tren eléctrico, no le conviene a la industria automotriz, según lo que he leído… He visto buses, pero no me he subido nunca. Son para gente pobre. ¿Me llevas alguna vez?

—Aquí también son para la gente pobre… pero tu gente pobre es rica al lado de la nuestra… Igual te llevo otro día. Es una experiencia necesaria. Eso es un hecho —continuó mientras el taxi se detenía y don Cucho discutía el precio de la carrera.

—¿Y a dónde vamos, abuelo? ¿Ahora sí me puedes decir? —preguntó Valeria una vez que se instalaron en el carro.

—¿Alguna vez has ido a la playa? ¿Has visto el océano? —preguntó don Cucho con entusiasmo bajando la ventana para ventilarse en ese día que empezaba a calentar con ferocidad, por su camisa entraba el aire caliente de la calle haciendo de sus mangas unas velas infladas en donde las palmeras y las olas del estampado bailaban al ritmo de los baches, los semáforos, y las intempestivas frenadas.

—Nunca, abuelo. Mi estado queda en medio de Estados Unidos. Nunca he salido de allí.

—Pues hoy verás el mar por primera vez.

Luego de vueltas y vueltas por callecitas y avenidas, por fin llegaron a un malecón y el taxista se detuvo para recibir su paga y dejarlos bajar. Valeria seguía mirando todo con sus ojos bien abiertos. La manejada hasta ahí un poco que la había asustado, con tanta imprudencia, accidentes a punto de suceder, y bocinazos por todos lados, era imposible no sentirse en peligro a cada momento del viaje. Encima, el monóxido de carbono del endemoniado tráfico limeño la dejó mareada.

Aliviada de saberse en tierra firme, Valeria enfocó todos sus sentidos para que su primera vez frente al mar fuese una experiencia inolvidable. Al voltear, vio un parque que se expandía pocos metros hacia adelante y bastantes kilómetros hacia la derecha e izquierda. Frente a ellos, un faro pequeño en blanco y negro, el malecón más allá y, mirando hacia el frente y hacia abajo, el océano Pacífico. Sintió el sonido lejano del mar chocando contra las piedras y pudo olerlo en todo su esplendor.

Caminaron por las veredas hacia el malecón.

—Se llama la Costa Verde. Lima es una ciudad construida con vista al mar. Cuando era chico, estos eran cerros pelados, luego empezaron a hacer las pistas al lado de las playas, abajo, otras pistas para bajar, y dejaron crecer plantas para que se viera todo verde — explicó el abuelo.

Valeria miraba alelada mientras su abuelo le mostraba los diferentes puntos sobresaliendo del mar. Estaba despejado el cielo, así que era fácil poder distinguir cada lugar. Don Cucho los fue mencionando mientras apuntaba con la mano en dirección a ellos y le contaba lo que iba apareciendo en su memoria: La Punta, en donde pasó muchos veranos visitando a unos primos; la isla de San Lorenzo y su terrible cárcel de donde muchos quisieron escapar y terminaron sus vidas ahogados en el bravísimo mar; el Morro Solar con su tremenda cruz y el recuerdo imborrable de las bicicleteadas con los amigos hasta la punta del cerro; la artística Barranco con sus noches de parranda; y Chorrillos, el lugar en donde antes se compraba el pescado y las conchas más frescas de Lima.

Ese día don Cucho la engrió como nunca pudo en todos esos años en que estuvieron separados. Le compró cancha, barquillos y churros. Todo con su debida explicación cultural. Le pidió que le escogiera un helado de la carretilla del heladero. Y ella le entregó un vasito de helado de lúcuma con vainilla. Se pasearon por todo el malecón y así de casi casi estuvieron de subirse a uno de esos vistosos parapentes para sobrevolar la ciudad. Aunque se quedaron con las ganas porque cuando por fin se decidieron, encontraron que la atracción ya había cerrado.

Faltando poco para el anochecer tomaron otro taxi para bajar a la playa. Don Cucho le dijo que la puesta del sol también se podía ver muy bien desde el malecón, pero Valeria insistió en ver la playa de cerca antes de marcharse.

En cuanto se bajaron del taxi, Valeria corrió hacia la poca arena y el mar lleno de piedras. La intensidad del momento le llenó los ojos de lágrimas. Avanzó hasta la orilla y tocó el agua. Estaba fría y el arrullo del sonido que sintió arriba ahora se convertía en un rugido de violenta belleza, en sal penetrando sus poros, en un fuerte olor a vida marina subiendo por sus fosas nasales hasta su cerebro. La experiencia vivida en el malecón se multiplicaba al infinito, abrazándola con una potencia concertada que se le hacía difícil de entender de primeras en toda su magnitud.

—El sol está por ponerse —dijo el abuelo a sus espaldas—. Cuando veas el rayito verde, pide un deseo —le sonrió. Él vivía en ese momento su deseo más grande: el de ser un abuelo para Valeria. Así ella ya fuera una mujer, él todavía veía en sus ojos a la niña que se le fue, a la que le robaron, a la que no le permitieron amar como solo se puede amar a una nieta.

Si bien una mujer salió de casa esa mañana, a Fernando le pareció que lo que regresó fue una niña en espíritu, su entusiasmo tatuado en la sonrisa que le regaló apenas lo vio asomarse a la puerta de su departamento. El ruido de abuelo y nieta regresando lo despertaron de la modorra en la que había caído luego de almorzar un chupe de camarones en una chingana cerca de su universidad. El delicioso sabor se le transformaba, en ese inicio de la nocturnidad, en sopor digestivo.

Tuvo que obligarse a regresar del rico vahído previo a quedarse dormido en que se encontraba para prestar atención a lo que Valeria le conversaba desde allá abajo. Tantas veces estuvo frente al mar y nunca se llenó de tanto encantamiento ni se colmó de tanta felicidad como veía a su sobrecogida vecina.

Se enteró también que parte del regreso lo hicieron en microbús. Don Cucho no estaba con ganas de enfrentarse a la miniatura de transporte, con más personas en su interior que el verdadero cupo colocado en un letrero junto a la puerta, o a sus asientos desvencijados, pero Valeria insistió en vivir lo que se sentía viajar de esa manera.

Fernando nunca vio a alguien tan contenta por sumergirse en el grasoso vejestorio que él tomaba de a diario, en varios viajes, para ir y regresar de la universidad, aunque entendió que la novedad era lo que le causaba tal algarabía a Valeria.

Después de la breve conversación, el abuelo se despidió en la reja y avanzó hasta la puerta de su casa. Fer decidió invitar a Valeria a subir a su departamento. Lo vio muy cansado a don Cucho y no quería que se preocupase por preparar la cena. No tenía mucho en casa como para invitarla a comer de plano, pero pensó que con una cerveza y unas papitas sería suficiente para engañar el hambre. Aparte que le daba curiosidad indagar si la nieta todavía estaba emperrechinada con buscar a la abuela convertida en monja.

Al ingresar a la sala, Valeria de pronto sintió el cansancio del día y el calor de la noche acumulado en esa pequeña habitación. Fer fue a buscar las cervezas y los bocaditos en la cocina. Ella se dedicó a abrir todos los ventanales para dejar pasar el aire. Incluso abrió la puerta principal y, luego de encender un ventilador, se colocó frente a él para disfrutar de su aire helado. Su vestido floreado traslucía y se levantaba un poco, pero a ella no le importaba mucho ese detalle.

Fer la contempló un rato desde la cocina. Se hacía el que buscaba cosas en diferentes lugares y cada que volteaba aprovechaba para mirarla desde un diferente ángulo. Valeria sabía lo que estaba sucediendo, disfrutaba de sentirlo espiándola desde la otra habitación cada que ella se movía con lentitud al son del ritmo de medialuna que llevaba la oscilación del ventilador.

—Te ha caído el sol —dijo con nerviosismo Fernando cuando la mirada juguetona de Valeria se encontró con la fisgona de él.

Él le hizo un gesto, indicando la zona de sus hombros, y ella trató de buscar su reflexión en alguno de los vidrios de los ventanales para confirmar lo que su vecino le decía.

—Ahí no creo que lo puedas ver. Si quieres, pasa al baño para que te veas en el espejo —expresó, encendiendo la luz del pasillo para mostrarle hacia dónde ir.

Al cabo de unos segundos, escuchó a Valeria murmurar:

—¡Estoy colorada! ¡Me he debido poner alguna crema bloqueadora, llevar un sombrero!

—Es que el sol aquí quema mucho más fuerte. Estamos cerca de la línea ecuatorial. Si te vas al norte es incluso peor —contestó Fer mientras colocaba las cervezas y los bocaditos sobre la mesita provisional de la sala.

—Bueno, nadie me dijo —se quejó mientras abría la puerta y lanzó un "auch" al darse cuenta de que en realidad eran quemaduras lo que tenía en sus hombros, su pecho, su espalda y su rostro—. Esto va a doler… ¿no?

—Sí —dijo Fernando viendo lo achicharrada que estaba—. ¡Ah! —exclamó regresando al baño para buscar algo en su botiquín. Al salir se lo mostró—. Pero te puedes poner este gel que tiene *aloe vera*. Te ayudará a que te sientas fresca y no te peles tan feo.

Valeria hizo una mueca de gusto al recibir el remedio de su amigo. Luego de mirarlo por un rato, le preguntó:

—¿Y tú me lo puedes poner ahora? Es que mejor de una vez, así me empieza a hacer bien desde ahorita. Aparte, que yo no llego del todo bien a mi espalda —explicó colocándose de espaldas a él antes de que Fernando le diera su respuesta.

Con mucho cuidado, Fer abrió la botella del gel y colocándose un poco en sus manos empezó a transferirlo en breves círculos a la piel de Valeria, quien de rato en rato dejaba salir unos sonidos que él no estuvo seguro si fueron de alivio o relajación total.

—Eres un trome —lo felicitó Valeria cuando Fer terminó la labor forzada—. Ahora pásame el gel, que yo me lo puedo untar en el pecho.

En la madrugada vinieron a buscarlos. Un incendio, explicaron los vecinos, y todos corrieron, con piyamas y a medio vestir, siguiendo al tropel de gente que ya se amontonaba junto con los bomberos frente a un edificio cercano al chifa.

El agua con las justas lograba apagar unas pocas llamas, mientras que desde diversos puntos, como para dar la contra, se alzaban presuntuosas otras. Escucharon que los que vivían en el edificio lograron salvarse en su mayoría, aunque muchos fueron trasladados como se pudo a hospitales cercanos. Y es que felizmente la junta de vecinos, en una de esas ideas milagrosas, había pedido dos meses antes que se instalasen alarmas de fuego en todos los departamentos y áreas comunes.

Faltaban nomás dos familias que compartían el quinto piso, el último del edificio, localizado en realidad en el techo, en donde los hombres armaron como pudieron unas casuchas con materiales que hallaron descartados en construcciones locales. En ese piso no se colocaron alarmas, así que los que moraban ahí serían los últimos en enterarse de que sus vidas corrían peligro. La única manera de salir era bajando las escaleras de emergencia. Se trataba de dos hermanos, sus mujeres, y tres pequeños, de apenas cinco, tres y un año de edad. Ambos trabajaban en el

Wan Hu. Llegaron a Lima hacía poco desde Venezuela. Un primo que estaba instalado en la capital les buscó el trabajo con el señor Chan y arrendó el espacio a un precio bastante económico. Los trabajadores del chifa les consiguieron algunos enseres esenciales a través de donaciones e incluso los apoyaron con comida durante sus primeras semanas.

Tal vez don Cucho era quien conocía mejor a los dos hermanos y todo el sufrimiento por el que habían pasado, pues muchas veces se las arreglaban para buscarlo a la salida del trabajo para pedirle consejo acerca de su situación familiar y contarle como es que las experiencias vividas al abandonar su país sin nada, para venirse a Lima de arrimados, dejó una marca traumática de inestabilidad y desarraigo en todos ellos. Él no estaba permitido de tratarlos, pues no eran sus pacientes, lo que sí podía era escucharlos y calmarles los nervios de inmigrantes recientes con su perspectiva de hombre mayor y sus chistes de a sol. Alguna vez incluso los presentó a otros vecinos en el barrio para que hicieran trabajitos de pintura o mecánica, ya que uno fue artista en su país y el otro ingeniero automotriz.

El calor era terrible y el humo negro que salía de la edificación asfixiaba a todos los que estaban en ese lugar, orando a voz viva por la salvación de las familias. La policía los había movido a un lugar alejado y seguro, cruzando los cuatro carriles de la avenida San Luis, hasta la vereda de enfrente. Cada minuto que pasaba, se agolpaban más vecinos. Lloraban esperando noticias. Alzaban sus manos pidiéndole al Cielo que los vomitase del edificio sanos y salvos.

Alrededor de don Cucho y Valeria se formó otro círculo, uno conformado por quienes querían protestar, gritar, requintar contra ese Dios que permitía que gente buena estuviese atrapada de esa manera en un fuego que seguro ya se los había comido. Y todo debido a que eran pobres, a que la ciudad no tenía el mejor equipo para sus bomberos, a que al agua que salía por la manguera le faltaba la suficiente presión como para hacer un verdadero impacto más rápido. Incluso cuando de sobra sabían las respuestas a su crisis de fe, le pedían al terapeuta razones, le exigían explicaciones, le demandaban lógica, ¿cómo le podía estar sucediendo eso a personas buenas, a criaturas, a familias enteras?

Don Cucho no decía mucho, solo les pedía paciencia, que dejaran a los bomberos hacer su trabajo, que luego verían, que mejor esperar a que todo terminase en lugar de sacar conclusiones prematuras. Pero ni él se creía lo que decía. Luego de media hora hasta él estaba seguro de que todos los miembros de las dos familias habían perecido. Ya todas las salidas estarían quemándose, negando el paso a cualquiera que quisiera utilizarlas. Y entonces sintió mucha rabia.

El señor Chan ya había llegado a la escena y estaba parado con todos los vecinos cerca del incendio. Tosiendo se acercó a don Cucho. Se abrazaron en silencio. Veían las flamas danzar con descaro frente a ellos y no podían hacer nada. De la poca esperanza que tuvieron cuando se enteraron, pasaron a la total desesperanza. Los empleados del Wan Hu empezaron a pararse cerca de ellos. Alguno preguntó si deberían llamar al primo. Otro dijo que sí, pero nadie parecía tener la información de contacto.

En unas horas el incendio estaba contenido, apagado casi en su totalidad. El reloj se encontraba perdido en algún momento situado en los finales de la madrugada. Los bomberos procedieron a guardar su equipo. El humo se había juntado con la neblina del amanecer limeño creando una espesa cortina de muerte que llegaba hasta el cielo raso de la ciudad y se colgaba densa, oscura, funeraria, sobre los vecinos que regresaban a sus casas sabiendo que aquella noche no retornaría, que esas familias no retornarían.

Entonces la pesadez de no tener poder alguno sobre tantas de las cosas importantes de la vida, la irritación de vivir en una especie de constante lotería, se instaló en los corazones de los vecinos como ese olor a quemado que tardó tanto en disiparse.

Una tarde, regresando del chifa, el abuelo se decidió a conversarle a Valeria acerca de sus asuntos familiares. Extrañaba también a su hija. Quería buscar una manera de recuperarla. ¿Qué mejor que tratar de entenderla a través de las impresiones de su nieta?

—¿Cómo te llevas con tu mamá? —le preguntó al salir del trabajo de una manera que sonara inocente a los oídos de su nieta a pesar de ser una pregunta bastante cargada.

—¿Mi mamá? Mi mamá es una congeladora —contestó como si lo que decía fuese totalmente normal. Nada que el abuelo no supiera. Pero él no sabía. Tenía más de una década sin saber de ella. Asumía que su falta de comunicación se debía a la ausencia de su esposa, al hecho de que él no hubiese sido un buen marido, no lo suficientemente bueno como para que ella se quedase y cumpliese con sus obligaciones de esposa, madre y abuela. Era una falla total a los ojos de Magdalena. Por eso no quería saber de él—. Mi mamá era normal, contenta, dedicada… pero desde que mi papá se fue, se volvió muy dura. Se le dio por decir que era mi culpa que él se hubiese ido, que, de no ser por mí, todavía estaríamos juntos… Se le dio por reprimirme, por juzgar todo, desde lo que me pongo hasta mis amistades… Se le dio por prohibirme cosas, por no dejarme salir, por mantenerme en casa todo el tiempo… En épocas ni siquiera me dejaba ir al colegio… tampoco a fiestas o al cine… no me dejaba participar en nada de lo que la gente joven hace… Se le dio por llorar a veces y por gritar y tirar cosas otras tantas… Ya te digo, desde que mi papá nos abandonó, me echó la culpa… Y yo qué puedo saber de nada si era una niña cuando él se fue… ya casi ni lo recuerdo…

Y entonces don Cucho se dio cuenta de algo que le hizo perder el color de su cara.

—¿Dices que tu padre los abandonó? —preguntó para cerciorarse de haber escuchado bien—. ¿Que se fue, pero está en algún sitio? —su voz le temblaba de la indignación, del terror por lo que le tocaría develar.

—Sí abuelo. Igual que cuando la abuela te dejó. El mismo caso. Lo único que ella dice que está aquí, en Lima. ¿Crees que me puedes ayudar a ubicarlo?

Don Cucho miró a Valeria con una pena infinita. Colocó su bicicleta sobre un murito, le pidió que estacionará su motoneta. Luego le dijo:

—Tu padre no los abandonó.

—¿Se divorciaron, entonces?

—No, Valeria querida. Tu papá se murió. Está enterrado en un cementerio de aquí, de Lima, ya que falleció aquí y, como era peruano, tu mamá decidió que sería mejor enterrarlo aquí, en lugar de correr con los gastos de trasladarlo a la ciudad en donde vivían en ese entonces.

Valeria no podía creer las palabras que salían de la boca de su abuelo. Toda su vida se le venía abajo. La esperanza de reencontrarse con su papá, de tener una relación con él, con los hermanos y hermanas que suponía tenía de la familia que habría formado con otra mujer, el torbellino de mentiras de su mamá la estrujaban impidiéndole respirar. Todas las atrocidades que le había dicho, todo lo que le había hecho, todo se estrellaba contra su espíritu. ¿Por qué? ¿Cuál era el propósito de mentirle, de culparla por las miserias de su vida? Se sintió defraudada y furiosa a la vez. Y no era la única. Don Cucho se dio cuenta de las brutalidades que su hija había infligido en su nieta. El monstruo alucinado con el que Valeria convivió todo ese tiempo. Montó en cólera no solamente contra su hija sino también consigo mismo. Si él hubiese intervenido, demandado verla… si se la hubiese traído, si la hubiera criado él mismo… Pero no… él tenía que dejar que madre e hija tuvieran su espacio… Ahora veía que fue un pobre idiota por no romper su bendita promesa de no meterse en donde no lo llamaran.

Pronto tuvo que sacudirse la rabia que le recorría como un tambor incesante el cuerpo. Valeria lo necesitaba. Tocaba abocarse a su cuidado ahora que sabía la verdad. ¿Y si recordaba lo otro? ¿La razón por la que su padre murió? Fue un accidente, después de todo. ¿Sería por eso que Magdalena se dedicó a torturarla? No importaba en ese instante. Tenía que ayudar a su nieta a procesar la muerte de su padre. Nada más. No había razón para desenterrar a ese otro muerto.

Abrazó a su nieta. Ella lloraba desconsolada, trataba de hablar, hipaba entre sollozos. Los vecinos empezaron a detenerse cerca de ellos. Algunos ofrecían ayuda. Otros preguntaban qué pasaba. Don Cucho le pidió a un par de ellos que les llevarán la bici y la moto a su casa y, ciñendo a Valeria por la cintura, la guio hasta la reja.

Alarmado al ver por el ventanal el gentío que se aproximaba como una procesión detrás de Valeria y su abuelo, Fernando bajó a ver qué sucedía. Abrió la puerta y los dejó pasar.

—¿Qué ha sucedido? — preguntó, mientras con la mirada indicaba a los chismosos que se regresaran a sus quehaceres.

Don Cucho no quiso decir nada. Fue Valeria la que gritó:

—¡Mi papá se ha muerto!

—¿Tu papá? —dijo y miró a don Cucho expectante. Él sabía bien que el hombre estaba muerto. El abuelo se lo contó el año anterior entre *shots* de pisco, una noche de intenso calor veraniego similar a esa. Lo que Fer no estaba enterado era que él tenía una versión incompleta.

—Mi papá está muerto —repitió Valeria—. Yo pensaba que estaba vivo, que nos había abandonado, pero que estaba vivo… Y ahora no tengo esperanza de conocerlo. No puedo siquiera perdonarlo… porque resulta que no hizo nada malo, aparte de morirse —chilló mientras los mocos le caían por el pecho calado en lágrimas de un dolor intenso.

Fernando la abrazó. Se la llevó a la cocina. Le preparó un té. Sacó una botella de *brandy* que el abuelo guardaba en un gabinete escondido y que solo aparecía en caso de emergencia emocional o frío invernal. Le ofreció una copa. Los tres se sentaron en silencio. Nadie sabía qué más decir para consolar a Valeria de aquella lejana pérdida que para ella era tan nueva como si hubiese ocurrido en aquel instante.

Soñó con aquel padre desconocido esa noche. Era un hombre guapo. No tan alto ni tan bajo. Moreno de piel, de un tono bronceado que se figuró sería permanente. Rostro perfectamente cuadrado que terminaba en una barbilla triangular, agradable en su configuración conjunta. Cejas marrones bien pobladas, largas pestañas oscuras enmarcando unos ojos redondos de color verde granadilla, orejas de un tamaño promedio, labios abultados que conjugaban una sonrisa que denotaba una actitud cálida. Todo lo contrario a su mamá. Estaban en una fiesta en esa misma casa. Tal vez el cumpleaños que ella recordaba. Mientras veía las imágenes en su mente, Valeria sonreía, lloraba, quería abrazarlo, pero él aparecía cada vez más lejos. Escuchó un golpe y gritos. Quería despertar y ver de qué se trataba la bulla. O si tal vez todo eso formaba también parte del sueño. No podía abrir los párpados, aunque claramente sentía a alguien lamiéndole la mejilla con una lengua pequeña que tenía la dureza de una lija.

Al rato logró abrir los ojos y se encontró con los de Maúl mirándola. El gato le pasó una última lamida a las salinas mejillas de Valeria y se acurrucó bajo su brazo, cerca de la almohada.

—Regresaste, Maúl… Tú no me abandonas… —susurró Valeria, incorporándose con lentitud para no asustarlo.

Cuando estuvo sentada, lo tomó y lo empezó a acariciar, nuevas lágrimas se le amontaron en los ojos y se derramaron tomando la ruta de los surcos creados en su rostro por la almohada durante la noche.

—Mi papá se ha muerto… Y ahora lo quiero de regreso más que nunca… Ahora que ya no lo puedo ver, o escuchar. Ahora que sé que nunca nos abandonó y que no tengo razón para odiarlo… Ahora es cuando mi corazón se siente libre de gritar que lo quisiera a mi lado, que lo hubiese querido a mi lado siempre… Pero ya no se puede, Maúl, y yo no sé qué hacer con este dolor de haberlo perdido para siempre, con este rencor que hierve dentro de mí por la mentira tan grande de mi mamá. ¿Por qué crees que hizo eso, Maúl? ¿Por qué no me dijo la verdad hace años? Mi vida hubiese sido más normal… ¿no crees?

Maúl se dejaba acariciar, ronroneaba, le lamía los dedos, volteaba a mirarla con curiosidad. Valeria se tumbó de nuevo en la cama y lo colocó a su lado. Sus lágrimas bajaban hacia los costados, empapando la ropa de cama incluso más.

—No sé qué hacer, Maúl… —dijo Valeria, pasando su mano por la cola del gato—. Creo que me gustaría conocerlo… Tal vez el abuelo tenga fotos. ¿Crees que sea como lo he soñado? ¿Y si no fue un sueño sino un recuerdo? Yo era muy chica, pero quién sabe algo quedó en mi mente y recién ahora se siente en libertad para salir a flote…

Maúl la miró y saltando de la cama se acercó a la puerta, donde se detuvo. Valeria tomó el gesto como algún tipo de señal y, sin pensarlo, lo empezó a seguir por la casa hasta que el gato se detuvo frente a un mueble alto, de puertas anchas, que encontraron fuera de sitio, en el patio de atrás.

Se trataba de algún tipo de ropero antiguo que al parecer el abuelo utilizaba para guardar todo tipo de mamarrachos. Ahí Valeria encontró las herramientas de jardinería del viejo, algunas semillas en bolsitas que indicaban qué tipo de planta o flor germinarían plantando el contenido de esos sobrecitos siguiendo las debidas instrucciones, unos guantes, un sombrero de paja, varias tijeras de podar. También encontró todo tipo de revistas pornográficas, de lo que se llamaba pornografía décadas atrás, un costurero completísimo, bolsas de ruleros, algún tipo de secadora antediluviana, una caja con todo lo necesario para lustrar zapatos. Después de remover todo eso y colocarlo en el suelo en orden, como para regresarlo a su sitio, dio por fin con el tesoro preciado: grandes volúmenes de álbumes de fotos con el año marcado en sus respectivas tapas.

Volteó para celebrar con Maúl, pero el gato ya no se encontraba por ahí.

—Gracias por consolarme y por traerme hasta aquí —murmuró Valeria apretándose a abrir el primero de los álbumes. El año de su nacimiento.

Estaba enfrascada en las fotos cuando don Cucho la sorprendió ahí. Se había acercado muy despacio hasta donde se encontraba sentada en el suelo, de espaldas a él, frente al ropero que tenía las puertas abiertas de par en par. Agachándose le dijo:

—Esa eres tú en la puerta de la casa. Recién tenías un poco más de un añito. Junto a tu coche, estamos la abuela y yo. Te pareces un poco a ella, sobre todo en tu personalidad curiosa y tu actitud determinada.

—Falta la reja —observó Valeria.

—Lima no era tan peligrosa en esa época —explicó don Cucho—. Luego nos vimos obligados a poner murallas y rejas para protegernos.

—¿Por eso tienen vidrios cortados y cercos eléctricos en casi todas las edificaciones? —preguntó Valeria.

—Eso mismo —contestó el abuelo—. El miedo nos tiene encarcelados.

Don Cuchó jaló un balde grande vacío y dándole la vuelta se sentó al lado de su nieta.

—Desde chiquita eras una niña preciosa... y muy preguntona, eso sí. Todo querías saber. Me imagino que por eso te pusiste a buscar fotos —dijo el abuelo.

—Hasta ayer lo odiaba a mi papá. Incluso me odiaba a mí misma pensando que era verdad lo que me dijo mi mamá: que por mi culpa nos abandonó. Ahora creo que las cosas no son como me las pintó mi mamá. ¿Cómo van a ser si él se murió? Eso no puede ser mi culpa —contestó Valeria pasando las antiguas hojas. Quería encontrar una foto de su papá, constatar que se le apareció en su sueño para consolarla con su presencia espiritual—. Creo que anoche soñé con él —le confesó a su abuelo.

El abuelo tomó otro álbum, de otros años después del primero, pasó unas hojas y sacando una foto de debajo del plástico que la aprisionaba se la entregó a Valeria.

—¿Alguien como él? —preguntó.

Valeria no lo podía creer: el hombre que le sonreía desde el pasado era el mismo que vio en sus sueños.

—¡Es él! ¡Igualito al que vi en mi sueño!

—Tu papá. Era una persona alegre, bondadosa. Le encantaba jugar contigo. Te cargaba y luego te elevaba hasta lo más alto posible y hacía como que te dejaba caer. Tú te reías a carcajadas. Pedías más. Y él lo hacía y lo volvía a hacer hasta que los brazos ya no le daban. Le encantaba hacerte reír. Cuando vivieron los tres aquí nos llenaron la vida. Y tu mamá no era como la describes ahora. La muerte de tu padre la afectó demasiado. Debí haberme dado cuenta, insistido en que se quedaran en Lima, pero ella se quiso regresar. Estaba enfadada con todos, por la muerte de tu padre y por la huida de tu abuela. Si hubiera sabido cómo te trataba, te hubiera protegido. Traté de no inmiscuirme, de dejar que ella se calmara y me contactase de nuevo. ¡Fui un imbécil!

Valeria lo escuchaba enrojecida. Toda su vida fue una mentira. No sabía qué hacer con ese sentimiento que la atribulaba. Decidió que en lugar de quejarse por la manera como se desenvolvieron las cosas, prefería saber más acerca de su padre.

—No es tu culpa. No podías predecir la actitud de mi mamá. Lo que sí puedes hacer ahora es contarme más acerca de mi papá —le dijo dándole una palmadita en las rodillas—. Quiero saber si tengo más familia por parte de padre. Viviendo sola con mi mamá siempre he tenido curiosidad de cómo sería tener primos o tíos…

—¡Ah! Eso sí que podemos coordinar. Todavía hablo de vez en cuando con tus otros abuelos. Estoy seguro de que les encantaría verte. Sabes que trataron de contactarlas en Estados Unidos, mandaron cartas, llamaban... pero tu mamá nunca consintió que tuvieses una relación con ellos. Son muy buenas personas. También tienes tres tíos y dos tías, sin contar a sus respectivas parejas. Eran seis en la familia de tu papá. Y, claro, varios primos. Todos viven en un lugar cercano que se llama Chosica. No es muy lejos de Lima. Voy a llamarlos a ver si vamos un fin de semana.

—Me encantaría conocerlos. ¡Qué horror! Ni siquiera pensé en la familia de origen de mi papá hasta este instante.

Fernando se prestó un carro de un amigo para hacerse el trote hasta Chosica. Quería que todo saliese perfecto para Valeria.

Un domingo salieron temprano de San Borja y se encaminaron hacia la carretera.

Valeria iba sentada atrás, contemplando desde la ventanilla la pobreza que se erguía ante ella en caserío tras caserío de viviendas humildes, la mayoría construidas únicamente hasta la mitad, que alojaban a una población que cada segundo se intoxicaba más y más con el humo del pesado tráfico de vehículos y camiones transitando frente a ellos. Niños jugaban afuera, en el descampado de tierra a pocos metros de la carretera, con lo que encontrasen, piedras, llantas viejas, cajas vacías. Viejos tomaban cerveza afuera de chinganitas, sentados en cajones de plástico. Algunas mujeres venían del mercado cercano llevando en bolsones la compra para el día. A lo largo del camino el habitual ruido de la ciudad los acompañaba, cambiando de rato en rato de música a pregoneros a publicidad política como quien cambia de estación en la radio.

De pronto Valeria lanzó una pregunta al aire:

—¿Cómo murió mi papá?

Desde el asiento de pasajero don Cucho empalideció. Miró de reojo a Fernando. No recordaba si le había dicho la verdad o no. Tragó saliva antes de contestar:

—Fue un infarto masivo —se sintió de lo peor por mentirle, pero eso era mejor que decirle que se trató de un accidente causado por ella.

—¿Será hereditario? —preguntó Valeria al aire. Al parecer le creyó al abuelo. Su curiosidad era genuina, ese día conocería un lado de su historia en la que nunca se fijó.

El verde se hizo un poco más presente conforme se acercaban al lugar en donde vivía gran parte de su familia. Valeria se emocionó al ver los altos árboles que le recordaban de su ciudad en Estados Unidos. Ya le habían indicado que estaban yendo hacia un lugar campestre; pero, con lo desértico de Lima, el ver verde de nuevo le encantó.

Llegaron a un portón flanqueado a los dos lados por un muro alto pintado de blanco, aunque al momento se veía mucho más color crema por la suciedad del camino de tierra que los llevó hasta él, en la parte de arriba tenía unos alambres y varios letreros que leían: "Peligro. Cerco eléctrico". Fernando tocó la bocina y al poco rato apareció un guardián que se acercó hasta él y le pidió unos datos antes de abrirle.

Avanzaron con el carro en una nube de tierra hasta llegar al filo de un jardín. Ahí Fernando se detuvo, divisó el lugar correcto para cuadrarse y avanzó por un camino de piedras hasta estacionarse.

Valeria no podía con sus sentimientos. Sonreía mientras apurada bajaba del carro. ¡Ya quería conocerlos! La única información que tenía de ese lado de su familia hasta ese momento eran las pocas fotos que su abuelo le había mostrado.

Cuando el polvo se disipó pudo ver mejor el lugar. Se trataba de varias casitas de un piso construidas en un círculo sobre un mismo terreno. Las casas eran parecidas a la de su abuelo en San Borja: blancas con techo de tejas color ladrillo, grandes ventanales, puertas y ventanas de madera sólida. Un estilo español, hubiesen dicho los gringos, similar a lo que podría encontrar en algunos lugares en California o Florida.

Vio a un grupo de personas de diversas edades acercándose. Su familia, pensó, y el pensamiento llenó su corazón de alegría. Ella, que hasta hacía poco solamente contaba a su madre como único miembro de su familia, ahora era parte de un todo mucho más grande que lo que nunca tuvo. Se asombró por la cantidad y la variedad. *¿Por qué es que mi mamá nunca me lo dijo?*, se preguntó con la rabia de quien sabe que le han robado. No lo entendía. Luego se dio cuenta de la dirección oscura por la que estaba encaminándose y se forzó mentalmente a dejar las preguntas y las recriminaciones para otro momento. Gozar era lo que tocaba ese día. A ello se abocó.

Pronto empezaron las presentaciones con todo ese gentío, los abrazos, los besos, las miradas de encanto, las primeras impresiones, los comentarios a viva voz acerca de su persona, las comparaciones de parecidos con otros miembros de su familia. Le sería difícil recordar todos los nombres, pero hizo lo posible utilizando un truco gringo que alguien le enseñó: repetir el nombre un par de veces, de modo que éste se asentara en el cerebro y quedase memorizado. Claro, hubiese preferido el otro sistema, el de los nombres escritos en una etiqueta pegada en el pecho. Aquello le hubiese sido genial en ese instante.

Al momento se dio cuenta de que casi sin tratar iba aprendiendo lo básico sobre ellos. Su papá tenía tres hermanos y dos hermanas. Estaba la tía Carolina, casada con el tío Sergio, sus hijas eran Olivia y Camila, ya adolescentes. Luego venía su tía Lucía, casada con su tío Benny, gringo él, no tenían hijos, pero estaban en proceso de adoptar. El tío Manuel era el mayor, soltero de siempre y empresario. Su tío Paco, de Francisco, casado con la tía Ana María, sus hijos eran Gonzalo, Alicia, Paquito y Mariana, ellos eran los menores de los nietos. Y el favorito de Valeria, su tío Gustavo, el mellizo de su padre y del cual decían se parecía mucho a él, casado con su tía Marisa, con sus hijos Iker, Íñigo y Asier, todos como de la edad de ella. Sus abuelos se llamaban Antonia y Servando.

Al poco rato los invitaron a pasar a la sala de la casa principal, la más espaciosa, y cuya puerta principal miraba hacia el frente del terreno, la de los abuelos paternos. Todos se sentaron frente a una mesa baja central que exhibía toda clase de bocaditos para los invitados. De inmediato un mozo vestido de pantalón negro y chaqueta blanca, como Valeria solo había visto en restaurantes elegantes de películas antiguas, les sirvió tragos. Los más chicos jugaban afuera, en el jardín, cerca de la piscina, bajo la estricta vigilancia de una nana vieja vestida de enfermera y que caminaba con un palo largo en la mano, el cual le explicaron servía para rescatar a los chiquitines si decidían caer al agua, ya que ella no sabía nadar.

Valeria no sabía qué pensar. Tenía toda esta familia y encima eran bastante acomodados, mientras que ella y su mamá pasaron muchas penurias solas. *¿Por qué nunca pidió ayuda? ¿Acaso se la negaron?*

No me hubiesen recibido así de haber un problema entre ellos y mi mamá, Valeria ponderaba mientras disfrutaba de una abundancia que nunca en su vida había visto.

Durante la conversación obtuvo algunas respuestas a sus inquietudes. Se enteró que luego de la muerte de su padre, su familia trató de mantener la conexión, mandaron cartas, llamaron, enviaron dinero, regalos, le pidieron a su mamá permiso para visitar. Nada. Ella les negó la relación. Y cuando se mudaron de Carolina del Sur a Ohio, les perdieron la pista del todo.

Le pareció una historia terrible. Tenía una vida entera de mentiras, de las mentiras que su madre le contó, de un resentimiento forjado en puras mentiras. Decidió nuevamente que le sería mejor concentrarse en ese gran regalo que era volver a encontrarse con sus seres queridos, de aprender a quererlos tanto como los odió por haberlas abandonado, como pensó que también hizo su papá. Era difícil olvidar las mentiras, enterrar el rencor, pero era lo que necesitaba hacer si quería tener la esperanza de la felicidad que trae la familia completa.

Un resfrío muy fuerte la confinó a su cuarto. Volaba en fiebre y las pastillas no parecían hacerle mella. Sudaba mucho y los sueños iban y venían sin sentido alguno. En uno de ellos Valeria se vio en la fiesta de cumpleaños que recordaba de años atrás. Viendo una foto que encontró en los álbumes, don Cucho ya le había explicado que le celebraron en una fecha que no era la suya porque ella y sus padres ya vivían para ese entonces en Estados Unidos.

Se le veía contenta en la fiesta. Todos cantaban el *Happy Birthday* y ella apagaba las velitas de un soplido. Luego pasaban a la sala a abrir los regalos. Casi al terminar, Valeria se dio cuenta de que sus padres no estaban sentados en el círculo que la rodeaba y se levantó para buscarlos, avanzando hasta la puerta principal. Subió unos peldaños, hacia lo que ahora era el departamento de Fernando, que en ese momento estaba en construcción. Cuando llegó al descanso en las escaleras levantó la mirada y encontró a sus padres discutiendo, arrimados en lo que ella conocía como el balconcito de Fernando. Podía ver los ladrillos desnudos y cantidades de fierros saliendo por todos lados. El fuerte olor a cemento ocupaba sus fosas nasales con dureza. Quiso que sus padres dejarán de gritar y no se le ocurrió nada mejor que subir corriendo y pedirles que regresaran a comer torta. Ellos no se dieron cuenta de que ella estaba ahí hasta que ya estaba llegando a lo más alto. Su padre la quiso detener, pues era peligroso que estuviese ahí cuando todavía estaban construyendo el segundo piso, pero al empezar a bajar resbaló y cayó de cabeza sobre el pavimento. Su muerte fue dolorosa. No ocurrió hasta horas después en el hospital donde trataron de salvarlo.

Valeria despertó de súbito con sus propios gritos enroscados en su garganta. ¿Podía ser verdad lo que acababa de ver en su mente? El sueño fue tan vívido que le hacía pensar que, así como vio a su papá en un sueño antes de verlo en una foto, también podría ser que lo sucedido en su mente fuese un recuerdo que de alguna manera había borrado de su memoria durante décadas.

Estaba empapada en sudor. El corazón le pateaba el pecho. La cabeza le reventaba. Tiritaba. Su cuerpo entero se quejaba de dolor.

Don Cucho ya estaba ahí, al lado de su cama, le colocó el termómetro. Luego le preguntó por qué había gritado. Y Valeria nada más le contestó que no se acordaba, que seguro tuvo una pesadilla. *Igual era solo eso*, se trató de convencer ella mientras esperaban los resultados de su temperatura. Se sentía demasiado mal como para encarar esa realidad alterna al benéfico infarto que se supone se llevó a su papá sin apuntar el dedo a ningún culpable. A lo mejor la fiebre se encargaría de eliminar esas horribles imágenes. Esas imágenes que no podían ser verdad.

Trató de contener su angustia concentrándose en el mercurio que subía en el termómetro. En el tiempo delirando en cama se enteró de que los números grandes en Estados Unidos, ciento y pico, en Perú estaban en los cuarenta y pico. Fahrenheit versus centígrados. Diferentes tipos de medidas, iguales consecuencias, sentirse como mierda. Fijó su vista en las manos de su abuelo, fuertes, bronceadas, con las venas salidas en variadas direcciones, unas moradas, otras verdes. *¿Por qué algunas venas son verdes?*, sus pensamientos estancados en esa pregunta como la rayita que titila en la computadora esperando lo que viene. Cámara lenta, todo era cámara lenta en su mente, abrumadora, movida, con ese *feeling* de día nublado. Preguntó por Fernando y se acordó de su departamento, de las escaleras, del balconcito, de la mano de su padre, de su estrepitosa caída desde ese segundo piso que existió luego de la muerte de su padre de acuerdo con lo que vio en sus sueños.

Valeria se estremeció por el recuerdo del sueño que podría haber sido una memoria y el abuelo lo tomó como una confirmación corporal del número fatal que exclamaba el termómetro: 41 de fiebre.

—Fernando ha estado viniendo a cada rato —murmuró el abuelo—. Si no te acuerdas es porque sigues mal. Tienes una fiebre muy alta desde hace días. Ni con las hierbas del señor Chan te estás curando. Toca llamar al doctor Chávez.

—¿Chávez o no chávez, Chávez? —dijo Valeria, repitiendo uno de los pocos chistes que alguna vez le escuchó a su mamá y le hizo reír porque lo pudo entender sin explicación. Sonaba drogada cuando hablaba. Eran los efectos de la alta temperatura y la posible deshidratación por los constantes sudores.

El abuelo sonrió brevemente. Era un chiste que alguna vez él le contó a Magdalena. Una de esas miles de bromitas de los peruanos pendencieros, que les encanta vacilarse con todo y por todo. Pronto se acordó de la seriedad del asunto y levantándose de la cama le avisó que se iría a buscar al médico, que vivía a la vuelta del edificio quemado. Le pidió que se volviera a dormir. Quería asegurarse de que Valeria no trataría de salir a la calle en ese estado.

Su nieta le hizo caso y empezó a cerrar los ojos. Casi al instante el recuerdo de esas imágenes la obligó a despertarse y preguntarle al abuelo, que ya estaba con un pie en el pasillo:

—¿Fue mi culpa que mi padre muriese?

El abuelo terminó de ocultarse en la oscuridad del pasadizo. No quería responder. *¿Cómo puede ser que lo sepa?,* se preguntó temblando de la ansiedad. *¿Acaso la memoria ha regresado a su mente? A pesar de la negligencia emocional de Magdalena, Valeria no está en tan mal estado de salud mental. No tiene depresión o ansiedad, da gusto porque veo que se lleva bien con todos… se ha acoplado a la cultura peruana sin mayores problemas… incluso ha recibido noticias difíciles sin perder la chaveta… ha podido incorporar a su vida a toda una familia que hasta hace poco le era desconocida, hasta odiada por su supuesto abandono de ella y su madre…*

—Fue mi culpa, ¿verdad? —Valeria repitió.

—Estás delirando por la fiebre —contestó el abuelo asomando la cabeza desde el umbral de la puerta—. Voy a traer al médico y todo esto se te va a pasar. Ya verás. No sé qué estás pensando, pero te aseguro que no es verdad, es tu imaginación, es por la enfermedad —decidió mentirle para poder mantener la estabilidad lograda hasta el momento. Trataría de convencerla de que aquella pesadilla era producto de la enfermedad, la alta fiebre, su imaginación jugándole una pasada. Cualquier cosa menos decirle la verdad. Y entonces decidió que tal vez sería mejor no traer a Magdalena a la colada. Por lo que Valeria le contó, estaba seguro de que ella sería capaz de revelarle lo sucedido con tal de martirizarla.

Poco a poco las temperaturas bajaron, las tembladeras y los sudores desaparecieron, el resfrío se disipó, llevándose consigo los mocos y los tremendos dolores de cabeza que consumieron las horas de Valeria por una intensa semana en donde don Cucho en algún momento consideró hospitalizarla al no ver ningún tipo de mejoras en los primeros días de la enfermedad. La desesperación al ver a un ser querido consumirse es así de impaciente, le recordaron el señor Chan y el doctor Chávez, mientras la trataban con el arsenal completo de medicina oriental y occidental, hasta que la fiebre cedió y el apetito regresó. Entonces don Cucho celebró engriéndola con sus platillos y postres favoritos. Buscándole a Maúl todos los días para que la acompañase y hasta permitiendo que sus amistades con perros viniesen a visitarla, especialmente Yeniya y Kaclla, quien asumió su papel de perro sanador, como bien cuentan las leyendas acerca del perro calato peruano.

Al pasar los días, Fernando y don Cucho celebraban cada mejoría, sin importar qué tan chica o grande. Ya tenían la costumbre de contar con la presencia de Valeria para alegrarles la vida. Durante la enfermedad tomaron turnos quedándose en casa con ella, administrando sus medicinas, ofreciéndole un caldito, o aunque sea un té para mantenerla con algo en el estómago, cambiándole las sábanas mojadas por el sudor, estando atentos a todas sus necesidades. La sonrisa de Valeria y saber que de alguna manera se tenía que poner bien era todo el pago que necesitaban para pasarse día y noche junto a ella.

Dentro de lo mal que se sintió, Valeria disfrutó de la atención. La verdad que había aprendido a ser independiente desde muy joven ya que su mamá le exigía que se sintiera bien cuando se sentía mal y no era de las que la cuidaba cuando caía en cama por cualquier enfermedad más allá de ofrecer un paracetamol o un vaso con agua.

Con todo, no se había olvidado del sueño que tuvo acerca de la muerte de su papá. Sentía tremenda ansiedad de solo pensar que tal vez ella causó un accidente que desembocó en aquella terrible pérdida. Constantemente pensaba en realizar aquella pregunta de nuevo, pero luego se detenía apenas se acercaba a su abuelo para hacerlo pues en el fondo sentía que enfrentar esa realidad sería incluso más difícil que enterarse que su padre no la abandonó, sino que se murió.

Tal vez debería dedicarse a conocer mejor a la familia que el destino le acababa de regalar. A lo mejor lo que le tocaba hacer, como para purificarse de esa culpa que sentía, era fortificar su presente, sus relaciones familiares. A lo mejor, incluso, podría traer a su abuela de regreso.

Por su lado, don Cucho daba gracias a todos los dioses por el hecho de que Valeria no le había vuelto a preguntar acerca de esas crudas imágenes. Trató de convencerse de que tal vez lo visto en su mente también se había evaporado junto con la enfermedad que de alguna manera conjuró aquel recuerdo.

Evadiría el cruento pasado preguntándole de nuevo la verdadera razón por la que estaba en Lima. No era coincidencia que su nieta de pronto hubiese sentido la necesidad de conocer a alguien que nunca fue parte de su vida en un país tan extranjero como él sería para ella. Intuía que la realidad era que algo malvado la trajo hasta su puerta.

Mientras tanto Fernando disfrutaba la serenidad de los nuevos días sin preocupación por la enfermedad de Valeria, dándole vueltas en la cabeza a las emociones que en realidad su alma debía procesar. Ella no era solamente la nieta de su mentor y amigo, la persona que monitorearon por largo tiempo desde la anónima lejanía de sus computadores, ella era nuevas sensaciones y alegría en una vida que hasta el momento había sido tranquila pero monótona. Ella era un espacio colorido en esa Lima gris, un lienzo con trazos fantásticos, un buen libro al que siempre se regresa por más.

Fer entendía que ella era alguien a quien quería conocer en su integridad, alguien que iluminaba su día al minuto que la veía, alguien a quien quería coronar como su princesa y engreírla por ser como era. Ella le sonreía y le hacía siempre la patería, como si fueran amigos desde siempre, pero todos sus conocimientos en psicología no le permitían descifrar los sentimientos de Valeria hacia él. ¿Amigos o algo más? Se daba cuenta de que ella era amistosa con todo el mundo. ¿Cómo, entonces, podía distinguir en qué puesto dentro de su mundo estaba él? Quería saberlo, pero no quería perder sus esperanzas realizando una movida inconveniente en un momento incorrecto. Decidió esperar, dejar que ella le mostrase el camino, de haberlo.

Sin saberlo, los tres realizaron un acuerdo. Hicieron un pacto en donde las aguas correrían de modo opuesto a lo natural, desembocando no exactamente hacia donde sus corazones deseaban sino en los confines de las riberas que en ese instante convenían por ser las menos delicadas.

Valeria encontró una agradable rutina en aquella nueva vida. Encontró amistad en sus primas y oídos sin prejuicios en sus tíos y tías. En sus abuelos por parte de padre encontró el amor que le faltó desde niña. Y en Fernando y don Cucho, las personas perfectas para dar saltos y piruetas en ese crecimiento mental y espiritual que su madre, con su frialdad, su negativismo, y su manera de juzgarla con crueldad en todo lo que hacía, le había negado toda su vida.

Le encantaba el caos multitemático de Lima. Los días siempre traían algo impredecible, nuevos retos, nuevas aventuras, nuevas amistades. Le fascinaba la idea de encontrarse en comunidad al estilo provincial, de puertas abiertas y ambientes festivos. Todo en ese lugar era lo opuesto de lo que había vivido hasta ese momento. Dentro de la inseguridad que era transitar por lugares de alta criminalidad, a ella se le daba por pensar que una cosa era un robo por verdadera necesidad, que era lo que veía que sucedía ahí; y otra muy diferente los tiroteos, la violencia doméstica, el alto nivel de acoso que ocurría porque sí en todo Estados Unidos. Dentro del barrio, dentro de esas cuatro cuadras de casas y edificios, de decenas de vecinos que vivían frente al parque, se sentía cuidada, como si perteneciera a una familia inmensa.

La diversión nunca faltaba en ese espacio común que los vecinos atendían con tanto esmero. Aparte de la hora de los perros, generalmente después de la comida; y la hora de los niños, temprano, antes del anochecer. Llegaban al parque diversos grupos. En las mañanas venía el grupo de señoras que hacían su clase de aeróbicos y al atardecer aparecían unos jóvenes que estaban aprendiendo a bailar los diferentes tipos de marinera peruana, desde la del norte, pata en el suelo, que era la que más le gustaba a Valeria, hasta la de salón, elegante y sofisticada.

En poco tiempo se animó para hacer lo suyo y prestándose una mesita y un par de sillas de su abuelo, se colocó en uno de los dos sectores centrales del parque, vistiendo la mesa con un mantel blanco y a ella misma totalmente de blanco con un complemento abundante, estrafalario se podría decir, de pañuelos de colorinches adornando su cuello, aretes de argolla, anillos en casi todos sus dedos y una docena de pulseras.

Al verla así, Fer se acercó y le preguntó si se había disfrazado de bruja. Y ella le contestó que sí y sacando su mazo del tarot le invitó a sentarse para leerle su suerte.

Pese a no ser para nada supersticioso, Fernando aceptó nada más que para ver de qué se trataba y mientras ella tiraba las cartas sobre la mesa y le iba explicando el significado de cada una de las figuras que le iban saliendo, otros vecinos se fueron acercando para ver qué sucedía y pronto se armó un círculo alrededor de Valeria, quien desde entonces leía la suerte cada noche al encenderse los postes de luz y que solo cobraba diez soles por diez minutos. A veces, cuando la urgencia del vecino impedía esperar hasta la siguiente noche, realizaba visitas a domicilio por veinte soles. Era mucho menos que lo que acostumbraba a cobrar en Estados Unidos, pero aquí el local era gratuito, ella se divertía enterándose de todos los entuertos, sueños y rebuscados pasados de los vecinos, y encima le parecía que estaba realizando un servicio a la comunidad.

Fue el mismo colega de trabajo que le sacó la carta indicando que un viejo la estaba esperando quien la convenció de tener don de la intuición y le enseñó todo lo que sabía acerca de leer el tarot. Ángel se llamaba, se conocieron durante una lectura que él le hizo a ella años atrás. Conectaron de inmediato y al ir revelándose la empatía y curiosidad de Valeria durante subsecuentes sesiones, él le fue explicando cómo entender la energía creada con el consultante, la responsabilidad frente a cada persona con la que interactúan e interpretar las cartas más allá de lo que muestran de manera literal.

Apenas la terminó de adiestrar, Valeria se unió a su equipo. Era un trabajo que le encantaba, pero como la paga no daba para mucho, ella se las bandeaba haciendo lo que pudiese como pudiese. Le hubiese encantado ir a la universidad, estudiar para ser médico veterinario, el problema siempre fue que su madre no aceptaba pagarle el costo, la injuriaba diciéndole que no tenía el cerebro como para alcanzar una meta tan importante. Y de tanto escucharlo, ella se lo creyó y no insistió en ir por un camino que seguro no era para ella.

Ángel la contradijo muchas veces sin lograr cambiarle la mentalidad. Él veía lo que Valeria ni siquiera intuía: que era una chica brillante que lograría cualquier cosa que se propusiese.

Pero ahí donde Ángel falló, Fer quería triunfar. Él también podía ver con toda claridad que a Valeria se le había negado el ser completamente libre, el llegar a realizar su potencial, el explorar con sinceridad las facetas de la vida que mejor iban con su personalidad. Sentía que muchas veces actuaba como si estuviese tratando de complacer a otros, sin poder llegar a decidir quién era y qué es lo que quería lograr en esa etapa de descubrimiento. ¿Tal vez saltaba de una cosa a otra porque en el fondo no se hallaba a gusto con nada? ¿O a lo mejor esa era su manera de explorar, chupando el néctar de diferentes flores hasta encontrar la que le saciase? Veleta era de hecho, aunque con el tipo de mamá que don Cucho le contó que tuvo, tan restrictiva y castrante, tan distante en cuanto a ofrecerle estabilidad emocional, no podía culparla por no querer comprometerse con nada, el miedo al abandono que de seguro arrastraba desde su niñez le había marcado el alma, haciéndola a la vez una persona complaciente y alguien que vive con el miedo de que la dejen. Alguien que se va antes de que otros se vayan de su vida.

Una noche, después de la comida, Valeria salió al parque a realizar sus lecturas del tarot. Estaba muy entusiasmada porque los vecinos se pasaron la voz acerca de su excelente intuición y habían empezado a llegar de otros barrios a buscarla para que les diga sus fortunas.

Fer y don Cucho se quedaron en la cocina haciendo la sobremesa bebiendo un canelazo que se les ocurrió preparar mientras hablaban de tragos típicos piuranos.

Conversando con don Cucho, Fer confirmó sus observaciones acerca de Valeria.

—Ella necesita estabilidad emocional. Un puerto tranquilo en donde se sabe bienvenida, en donde siente amor, cariño, calma, alegría, calor familiar. Amistades que le brinden la sanación espiritual que precisa. A mí me gustaría que se quede más tiempo, pero sin saber por qué vino en primer lugar, creo que todavía nos encontramos usando caretas —dijo don Cucho—. ¿Te ha contado algo a ti? Veo que se llevan bien y que se quedan conversando hasta tarde a veces…

Fer intentó mirar a don Cucho de frente, pero sus ojos dieron vueltas sin poder quedarse tranquilos hasta que pudo contestarle:

—Por más que parece muy amigable, Valeria no es un libro abierto. De hecho, dice muy poco acerca de sí misma o su pasado. A veces pienso que sube a verme para sacarme información acerca de usted —explicó quejumbroso.

—¿Cómo que de mí? ¿Qué quiere saber?

—Quiere saber de la abuela. Se le ha metido entre ceja y ceja que la quiere ir a ver. Y yo la verdad que no sé qué decirle…

—Déjala —contestó don Cucho luego de pensarlo por un instante—. Ayúdala. Pero eso sí: tienes que estar ahí cuando venga la desilusión.

—¿Para qué haríamos algo así? ¿No es cruel acaso permitir que se haga las mil ideas en su cabeza para luego verla caerse al piso?

—Valeria es terca. Mientras más le digas que no, más va a querer hacerlo. Incluso más va a pensar que tienes terribles motivos para no permitirle acercarse a su abuela. Por más que le digamos la verdad tal como la conocemos, ella no nos va a creer hasta que vea la situación con sus propios ojos.

—¿Y entonces qué? ¿Le propongo subir al cerro como quien se va de paseo a la playa?

—No necesariamente así de repentino. Lo que quiero es que averigües qué está pensando. Si ya tiene un plan o qué… Estoy seguro de que le ha estado dándole vueltas en la cabeza desde hace semanas.

—Un día me preguntó si conocía a alguien que le pudiera ayudar a encontrar a su señora…

—Mi ex señora… ex señora —interrumpió don Cucho fastidiado por el recuerdo.

—Bueno, eso, ¡gua! ¡No se moleste conmigo, que yo no le he hecho nada! —respondió Fernando sintiéndose atribulado por la carga que su vecino le estaba colocando a la espalda.

—La verdad que no tengo idea dónde estará…
me imagino que ahí sigue en el cerro… Tendría que
averiguar si alguna de sus amigas todavía continúa en
contacto con ella…

—O tal vez dejar que Valeria se haga cargo de
investigar por sí misma. Podemos empezar desde lo
último que supo de su señora… ex señora —se corrigió
con rapidez— y luego seguir la cuerda, a ver a dónde
nos lleva.

—Eso es tal vez una mejor forma de afrontarlo.
Así también tenemos suficiente tiempo como para
enterarnos por qué está escondida aquí.

—¿Cómo va a creer que está escondida aquí?
¿No le cree que quiso venir a conocerlo, a tomarse un
tiempo para estar en el país de sus ancestros, para
conocer su cultura de origen?

—Eso es lo que dice, y puede ser una media
verdad, pero yo me temo que hay algún otro tema de
fondo. Si no, ¿cómo te explicas que no use un teléfono
móvil o un computador? Eso no es normal, Fernando.
No es nada normal para alguien de su edad. ¿Deja todo
tirado, se viene con un pariente que no conoce, a las
locas, y no tiene interés en comunicarse con su mamá
o con sus amigos? Eso está rarazo. ¿Acaso no tiene un
enamorado? Ella es bonita, ¿cómo no va a tener alguien
que la apapuche?

—No pues. Sí, ya veo lo que dice, don Cucho.
Valeria tiene su guardado por ahí. Quién sabe si está en
peligro o algo así… ¿no?

—Eso pues. Lo único que sabemos es lo que
nos ha dicho, lo que nos ha mostrado. Que, si te pones
a pensar, es poco. Si lograr que se abra con nosotros
nos va a costar subir al cerro a buscar a la vieja y

abrirme de nuevo esta herida que nunca cerró del todo, creo que lo vale. Yo seguiré tratando por mi lado, pero tú tienes a tu favor el ser de su generación, el hablar con sus palabras, entenderte a un nivel que es diferente del mío, por ser un viejo y su abuelo.

—Tampoco, tampoco, don Cucho. No se haga el interesante. Ya ve que yo lo atesoro como mi maestro por lo sabido que es, sobre todo.

—Bueno, ya pues, no seas sobón. Quedemos así. Vamos por partes. ¡Ah! Y no te olvides de guardarle canelazo a Valeria para cuando regrese del parque. Ya ves que le gustó antes y quién sabe si se pone parlanchina.

—¡Don Cucho! ¿Qué dice? ¿Ahora quiere que la corrompa a su nieta? —contestó exagerando el tono.

—No, hombre… nomás que te suelte prenda… prenda verbal, quiero decir —terminó riendo por lo que acababa de decir.

Una mañana para el almuerzo les tocó hacer una entrega bastante grande en un edificio con un portero que no tenía cuándo aparecerse y abrirles la puerta. Mientras esperaban pacientemente, Valeria dio rienda suelta a todas las cosas inapropiadas que siempre quiso preguntarle a su abuelo acerca de sus días como terapeuta.

—Abuelo, cuéntame alguno de esos casos truculentos que alguna vez te haya tocado como psicólogo. Porque me imagino que en tantas décadas habrás visto de todo…

—¡Uy! Como para escribir un libro, hijita…

—Ya pues…

—Este portero… parece que da para rato, ¿no? —dijo cuadrando su bici y sentándose en el poyo adosado que hacía de jardinera del edificio—. Bueno, a ver, este es el caso de una pareja que pasó por un trauma terrible… Trauma es la raíz de muchos problemas emocionales. Si el trauma no sana, nacen los miedos. Se tiene que trabajar el trauma que está al fondo del pozo y de ahí seguir avanzando hacia arriba, hasta lograr salir al aire libre y poder respirar sin ese peso…

—Abuelo —interrumpió Valeria— todo eso está muy interesante, pero… ¿te das cuenta de que ni siquiera has empezado con la historia de la pareja?

Don Cucho la miró y empezó a reír a carcajadas.

—Ay, sí. Me fui en divagaciones… Bueno, resulta que esta pareja decidió que querían hacer un trío —dijo y se detuvo pensando que el tema era de "gente grande".

Comprendiendo la pausa, Valeria lo miró, le levantó las cejas y le dijo:

—Un trío sexual. ¿Eso es lo que ibas a decir?

—Sí. Pero puedo cambiar de historia si prefieres…

—No soy tan inocente como parezco —contestó Valeria—. Sigue con el cuento, que seguro se pone bueno ahorita.

El abuelo la miró y tratando de silenciar la vergüenza mental que de pronto le quemaba, continuó:

—Pues bien. Esta pareja había decidido que querían tener la experiencia de tener relaciones sexuales con una tercera persona.

—¿Hombre o mujer? —interrumpió Valeria.

—Iban a tratar primero con un hombre, para satisfacer a la mujer, y luego con una mujer, para satisfacer al hombre. Y ya, si les gustaba como salía, capaz se animarían a hacer otras cosas. Así quedaron. Ese mismo día ya estaban buscando en las redes sociales para encontrar a un tercero idóneo, del gusto de la mujer, pero también de la aprobación del hombre. Escogieron a alguien e hicieron el contacto de inmediato. Le dieron la dirección y le dijeron que dejarían la puerta abierta a tal hora. Entonces llegó el momento fijado y la pareja ya estaba en su cama esperando el regalito. De pronto escucharon a alguien en la puerta y le indicaron que suba para darles el encuentro en el segundo piso. La persona se tomó su tiempo para llegar hasta la cama matrimonial y cuando por fin lo vieron… ¿qué crees? —pausó para darle un giro especial a la historia.

—No sé… ¿qué? —contestó Valeria frustrada porque veía avanzar al portero hacia la puerta.

—Que el hombre no era el que ellos habían escogido. Era un tipo cualquiera, un enfermo que al ver la puerta abierta se aprovechó del momento para entrar a robar, pero que al encontrarse en la situación terminó amarrándolos y violándolos durante horas.

—¿Y qué pasó con el contacto?

—Nunca llegó porque se enfermó del estómago y en lo que estuvo muy mal en el baño se olvidó de avisarles.

—Ay, abuelo, esto sí que es terrible. ¿Cómo te sanas de un trauma como este? Yo creo que nunca más podría acostarme con nadie… o salir de mi departamento para ese caso… ¡Es que me parece de película de terror!

—Aunque no lo creas, se puede sanar hasta de las cosas más feas. Igual como el cuerpo se puede recuperar de un cáncer, la mente también es capaz de recobrarse. Uno de mis consejos favoritos es que en los rincones donde están los malos recuerdos tenemos que poner buenos recuerdos.

—¿Quién dijo eso?

—Yo. No es fácil, pero se puede poco a poco. Mira: ya apareció el manganzón del portero —dijo levantándose para entregar los paquetes.

Una vez que se pusieron en camino, Valeria le pidió que le contara algo más.

—Lo hago si tú me cuentas algo de ti —respondió don Cucho.

—Ya sabes todo. No haya nada más que te esté escondiendo —contestó Valeria.

—No me has dicho la verdad acerca de por qué estás en Lima, haciendo *delivery* de chifa de barrio y leyendo las cartas a los vecinos —dijo y se detuvo tan de repente que la bicicleta chirrió y se salió la cadena.

Valeria avanzó unos metros más y luego regresó.

—Bueno, no es tan malo como lo de tu trío…

—Ajá, entonces hay algo…

—Sí, aunque a lo mejor ya está bajo control. Lo que pasa es que no tengo manera de enterarme sin conectarme y dar a conocer dónde estoy. Tienes razón: me estoy escondiendo en tu casa.

—¡Habla ya, que está pasando de todo por mi mente! —apuró don Cucho, colocando la bicicleta de cabeza sobre la vereda.

—Aparte del trabajo de tarotista, que en verdad me encanta, pero no paga mucho, tomé un puesto de *babysitter* para cuidar a un niño de tres años en su casa. Esto era durante el día, cuando sus padres iban a trabajar, y apenas salía de ahí me iba a mi otro trabajo. Todo muy lindo. Al niñito, Tyler, yo lo adoraba, se portaba muy bien y la pasábamos de lo mejor con muchas actividades diarias. Aparte de que sus padres pagaban muy bien —Valeria enrojeció de pronto—. Una tarde, como cualquier otra hasta ese momento, llegó el papá de Tyler y yo, como siempre, tomé mis cosas, me despedí y me fui. Cuando llegué a mi carro, unos minutos después, porque me tuve que cuadrar un poco lejos, me di cuenta de que había olvidado mi teléfono en el departamento de Tyler. Regresé y, en lugar de tocar el timbre, para no fastidiar, usé mi propia llave. Solo iba a entrar, recoger mi teléfono y salir — temblaba de solo recordar lo sucedido, la frustración, la ira, el cuerpo se le estremecía. Con lentitud pensada el abuelo colocó su mano sobre su hombro. Al sentir el calor humano, el abrazo al alma, Valeria prosiguió—: No escuché a nadie cerca, como para saludar, así que caminé hacia la cocina. Di unos cuantos pasos cuando de pronto escuché algo en el cuarto de Tyler y me asomé despacito. Abuelo, no me vas a creer, la puerta estaba entreabierta y alcancé a ver al papá de Tyler montado sobre él, desvistiéndolo. Y mi niñito precioso, que estaba echado, con la cabeza volteada mirando hacia la puerta, me vio y quiso gritar mi nombre como para que yo lo rescatase. Pero yo le hice un gesto para que se callara y después de correr a recoger mi teléfono salí corriendo de ese lugar. Debí rescatarlo en ese instante, pero me ganó el miedo. El papá de Tyler es un señor inmenso, y yo no sabía qué podría haberme hecho.

Don Cucho se quedó en silencio. De rato en rato le sobaba la espalda a su nieta como para consolarla. Tantos casos de abuso que trató en su vida, y ahora, que se trataba de algo vivido por su Valeria, sentía que incluso con toda su experiencia de terapeuta le faltaban las palabras para afrontar los primeros instantes luego de la tremenda confesión. ¿Debía hablarle de lo que vio o de su falta de valentía para ayudar a esa criatura indefensa? Le daba rabia. Mucha rabia. Valeria pudo haber hecho algo y no lo hizo… Se daba cuenta también que aquella revelación no explicaba por qué estaba en Lima, cuál fue la razón para huir si no hizo nada… ¿O tal vez sí lo hizo? Se decidió por no juzgar, necesitaba indagar más.

—Eso no explica que hayas tenido que salir del país, dejar todo y venirte a esconder a mi casa…

—Sí, ya sé… mejor decirte todo para que entiendas —contestó con lágrimas de cólera rodándole furiosas sobre las mejillas enrojecidas—. Apenas salí de ahí, llamé a la policía. Yo no podía hacer nada sin arriesgar mi vida y la de Tyler, mientras que los oficiales tenían todo el derecho de realizar una investigación, de arrestarlo a ese señor, a lo mejor encarcelarlo. Así lo hice y todo salió bien… hasta cierto punto…

—¿A qué te refieres? Si estás haciendo lo que tienes que hacer para salvar a ese chico, ¿qué puede salir mal?

—Resulta que de pronto me vi envuelta en la investigación y la policía no podía mantener mi anonimato si nos íbamos a juicio. Yo les di todo lo que pude, ayudé hasta donde consideré que era mi responsabilidad… y una noche, regresando del trabajo, unos tipos me esperaban y me dijeron que tenían un mensaje de parte del papá de Tyler: que dejará de entrometerme en su vida o la mía no duraría mucho. Me asusté horrible. Ya Tyler estaba viviendo en un lugar seguro, con sus abuelos por parte de madre. Así que empecé a pensar que era momento de salirme de todo ese enredo.

—¿Y te viniste?

—Y me vine. Imaginé que aquí nadie me buscaría… Aunque, ni creas, ahora me siento super culpable porque no me quedé hasta el final para proteger a Tyler. No tengo idea de qué habrá sucedido

desde que me fui. Tampoco sé si podré regresar…
¿Estoy exagerando, crees abuelo?

El haberlo soltado no la calmó. Al contrario, enfrentarse de imprevisto a esos recuerdos y a su imperdonable cobardía exacerbó sus sentimientos, tocó los más profundos filamentos de su alma, bañó oquedades del sabor a traición, trajo a flote emociones nuevas, sin procesar, su cuerpo convulsionó en un pequeño estertor de horror y una crudeza amarga recorrió su paladar.

No dijeron nada más el resto de la jornada. Cada uno recogió y entregó pedidos diferentes durante las horas que siguieron hasta volver a verse al cierre de su turno.

No cruzaron palabra de regreso a casa. Don Cucho caminaba en piloto automático, distraído por sus emociones. De rato en rato le daba una pitada al cigarrillo que tenía entre los dedos. Valeria iba a su lado. Hubiese querido gorrearle un cigarrillo o invitarlo a un trago, pero no se atrevía a hacer nada. Se sentía petrificada, incapaz. Quería llegar a la casa, encerrarse en su cuarto y no salir de ahí nunca más en su vida.

Entendió entonces que escapar de nuevo, siquiera fuera poniendo una puerta de por medio entre ella y su abuelo, huir de su propio pesar espiritual, del torbellino de impotencia que arrasaba su mente con cada latido, era algo imposible. Negar lo que la consumía por dentro tirando caretas de felicidad se convirtió en un absurdo. Era como si la desnudez de quien realmente era de pronto borrase todo la confianza y el cariño ganado con su abuelo, con Fernando, con la familia de su papá, con el señor Chan, con todas las personas del barrio con las que gozaba interactuando a diario. Ellos no sabían nada. Solo su abuelo fue depositario de su confesión. Y, sin embargo, sentía que ya todos podían oler en el aire el hedor de lo miserable en ella.

Arrastraba las pisadas detrás de su abuelo, contemplando sus opciones ahora que todo estaba sobre la mesa. Lo primero que pensó fue que perdería a todos, que al verla tal cual, con tanta falla moral, lo normal sería que todos se alejasen de ella. Lo segundo que llegó a su mente fue si de alguna manera tendría la oportunidad de componer su error regresándose a Estados Unidos, testificando contra el papá de Tyler, haciendo lo que le tocaba hacer desde el comienzo.

Fue en ese instante que Fer les hizo adiós con la mano desde el segundo piso de la casa y don Cucho reaccionó murmurándole a su nieta:

—No estoy molesto contigo. Te asustaste. Es normal. Vamos a conversar. Vamos a ver cómo lo resolvemos —dijo y deteniéndose la abrazó. Lágrimas indiscretas rodaban por las mejillas de ambos. Los vecinos se detuvieron alrededor suyo, parecían estatuas esperando el desenlace público de un momento privado.

—¿Y Fer? —preguntó Valeria escondiendo su rostro en el pecho de su abuelo.

—Fer es familia. Como está en plenos estudios universitarios, sus neuronas andan al cien por ciento de funcionamiento, en adiestramiento total. Tiene ideas frescas, de esas que solo los jóvenes pueden tener —contestó pasándole la mano sobre el rostro para secarle las lágrimas con su rugosa palma

Poco a poco fueron soltando el ceñido abrazo y recobraron sus cuerpos, aunque sus ojos enrojecidos tardarían en regresar a la normalidad. La media cuadra que faltaba por recorrer se les hizo kilómetros con tanto vecino mirándolos con curiosidad. Fer ya los esperaba con la reja abierta, como para que ingresasen a la casa con rapidez y así hacerse los sordos a las preguntas de los chismosos que nunca faltaban por ahí.

—Trago. Ahorita —ordenó don Cucho a Fer apenas colocó su bicicleta en su sitio y caminó dando trancadas hacia su casa.

Fernando y Valeria lo siguieron sin decir nada y el pensionista buscó la botella de *whisky* que el viejo guardaba para emergencias en un armario en la sala. Luego la trajo a la cocina y sacando el hielo, los vasos y la jarrita con agua, empezó a servir.

—Sin agua para mí, necesito todo el alcohol posible —advirtió don Cucho—. Esto que vamos a conversar queda entre nosotros —continuó y procedió a contarle a Fernando todo lo que su nieta le acababa de decir.

Valeria se tomó el primer vaso con *whisky* y se sirvió otro. Temblaba pensando que su abuelo la obligaría a "hacer lo correcto" y regresar a testificar. Aunque ella misma lo pensó minutos antes, no era lo que en realidad quería hacer. Grande fue su sorpresa cuando su abuelo no sugirió nada por el estilo.

—Tenemos que averiguar qué pasó con el caso, si pudieron seguir con la investigación, avanzar con el juicio, incluso mandar a la cárcel a ese abusivo…

Tenemos que enterarnos, por el bien de Valeria. Ella no puede estar en limbo, sin saber cuál fue la consecuencia de no presentarse a testificar. Lo que sí: hay que hacer las averiguaciones respectivas de manera solapa. O sea que Valeria no puede hacerlo ella misma porque sería riesgoso.

—Ah… ya… ¿entonces cómo sugiere que nos enteremos, don Cucho? Capaz ya está en la tele o algo… —dijo Fer todavía sorprendido por lo que acababa de escuchar. Nunca sintió ninguna vibra rara viniendo de Valeria. Ella sí que sabía esconder sus emociones en lo más profundo de su ser. ¡Qué bárbara!

—No estaría en la tele. No son personas importantes y eso pasa todo el tiempo en Estados Unidos. ¡Lo que me mata es que yo no me di cuenta estando en esa casa todos los días! —contestó Valeria sirviéndose un tercer vaso con *whisky*. Su cuerpo se estremecía de la ira, el alcohol no estaba cumpliendo su cometido de calmarla.

—A ver. ¿A quién conocemos que nos pueda ayudar? Alguien que no tenga nada que ver con Valeria —dijo don Cucho mirando a Fernando.

—¿Me pregunta a mí? Ahorita lo único que se me ocurre es alguien que viva afuera… o algún vecino que tenga un familiar por allá… —contestó Fer mientras repasaba mentalmente a sus conocidos.

—Sí. Alguien que pueda averiguar si ya el caso fue a juicio o qué, porque me imagino que si los policías indagaron bien tienen que haber encontrado otros testigos, gente que tal vez sospechaba… incluso la esposa ya lo habrá botado de la casa sin esperar a que vayan a juicio —deliberó don Cucho.

—Sí, ¿no? Tiene que ser... —añadió Valeria y respiró aliviada—. Seguro que todo se solucionó sin que yo testificase...

Una vez que confirmaron que Tyler estaba a salvo, lejos de su padre, quien se encontraba en la cárcel cumpliendo una condena de unos cuantos años, pues resulta que su hijo no había sido su única víctima, Valeria volvió a su vida en San Borja como si no hubiese pasado nada. Cada día se afianzaba más en ese lugar en donde por primera vez en toda su existencia estaba descubriendo lo que es ser parte de una familia, con todo lo bueno y todo lo malo, y de una comunidad tan vibrante como lo era para ella los vecinos del parque. Le faltaba concretar muchas cosas, entre ellas, si regresaría o no a Estados Unidos, aunque cada día que pasaba ahí, en ese corazón de enjambre agitado, dinámico, entretenido, hasta dramático, de su nuevo hogar, sentía que sus latidos pertenecían a aquel lugar, que en medio de la anarquía reinaba un amor que deseaba explorar pues todavía se le hacía foráneo. Ni siquiera regresó a tener un móvil o conectarse en el Internet. La verdad quería dejar lo que dejó allá en el pasado, sobre todo a la persona que más le hizo daño: su propia madre.

Fernando y don Cucho la incitaban un día sí, un día no, a cerrar ese capítulo de la manera correcta, enfrentándolo, comunicando sus sentimientos, así fuese únicamente a través de una carta, pero ella no veía ninguna razón para ofrecerle a su mamá la compasión que ella nunca le dio.

Poco a poco Valeria aprendió a valorar sus propios sentimientos, a entender y dejar de ignorar sus emociones, a encontrar la validación que nunca tuvo a nivel emocional, a saberse presente, escuchada y entendida. Le fue difícil en un inicio. Era una experiencia nueva aquella de que lo que ella pensaba, sentía, decía, tuviese valor para otros. La opresión en la que vivió por décadas debido a la crueldad de su mamá empezó a disiparse. Y ella entendió que el libreto en el que creció fue una corrupción de la realidad creado por su mamá para "castigarla" por lo que las dos perdieron cuando su padre murió. Don Cucho nunca le contestó si aquel sueño acerca de la muerte de su padre era verdad y ella decidió no volver a preguntar. Lo único importante era que era una niña cuando aquello sucedió y no merecía la pena seguir contemplando las razones por las que su mamá se comportó como una enajenada todos esos años. Ahora y hoy era lo único que debía contar.

Entonces recordó que en ese presente faltaba algo para el abuelo: la abuela, el amor de su vida, la mujer que lo dejó para irse a ayudar a tantos otros que la necesitaban mucho más.

Regresando de tirar las cartas en el parque subió a buscar a Fer. Llevaba la tarjeta del taxista que la trajo del aeropuerto, el señor César Bernabé, el que vivía allá en el cerro y seguro la podía ayudar a encontrar a su abuela.

Tocó a la puerta varias veces con ansiedad. Fer se tardaba en aparecer, así que a ratos lo llamaba en voz alta como para que se apurase a abrirle.

El chico por fin contestó. Al parecer lo había despertado. Tenía la mirada confundida y ya llevaba puesto su piyama.

—¡Por fin! —lo recibió Valeria sin pedirle disculpas por la hora. Ya pasaba de las once de la noche.

—¿Qué quieres? Ya me estaba durmiendo rico... —contestó Fer sobándose los ojos.

Valeria simplemente lo apartó de la puerta, ingresó al departamento y, luego de encender la luz de la sala y sacar un par de cervezas del refrigerador, le entregó una a su vecino y se acomodó en una de las sillas.

—Yo sé que me has ayudado en un montón de cosas —dijo dándole un sorbo corto a la cerveza—. Y ahora queda una cosita más... aunque no es para mí, sino para mi abuelo...

Fernando regresó su cerveza al refrigerador y luego le preguntó a Valeria si no podrían hablar al día siguiente. Tenía la esperanza de poder despacharla y regresarse a la cama.

Valeria se levantó y aproximándose a Fer lo abrazó y le dio un beso en la mejilla. Sabía que él estaba enamorado de ella y si le daba algún tipo de esperanza sería más sencillo que la ayudase.

Fer le quiso responder con un verdadero beso, pero Valeria tomó un paso para atrás dejándolo con las ganas.

—¿Qué es esa cosita? —preguntó Fer sintiendo que a lo mejor si la ayudaba Valeria lo vería de otra manera. No lo sabía entonces, pero ella ya lo miraba de esa otra manera.

—Me parece que es hora de encontrar a la abuela y traerla de regreso a casa.

Fer no podía creer el atrevimiento de Valeria.

—Tu abuelo ya trató de hacer eso. La buscó por todos lados… ni rastro. Capaz ya ni vive en El Agustino. Capaz ya ni vive… ¿No has pensado en eso?

—He pensado en muchas cosas y mi intuición me dice que ella todavía está allá. ¿Quién sabe si se cambió de nombre y por eso no la pudo ubicar…? La gente no desaparece del todo… se esconde en público… así como yo hice… Busqué un lugar en donde no me encontrarían, no un lugar en donde tendría que estar escondida…

—No sé, Valeria, me parece que no deberíamos meternos en algo que no nos atañe. Tal vez tu abuelo sí la ha visto en todo este tiempo y sus razones tendrá para mentirnos… Aparte que el cerro es un lugar difícil, es todo un enredo de calles, subidas, bajadas, escaleras… yo no conozco como para hacer esto contigo… Nos van a terminar asaltando…

—Muchos rollos te haces, Fer… Mira: este taxista que me trajo cuando llegué a Lima dijo que vivía en el cerro —le dijo mostrándole la tarjeta—. Lo deberíamos contratar para que nos ayude. Él es de ahí. ¿Quién mejor para averiguar y acompañarnos? Tengo ahorrado todo lo que he ganado hasta ahora. Podemos usar eso.

—¿Y qué le decimos a tu abuelo?

—No le decimos nada hasta encontrar a la abuela. Si pregunta, me estás llevando a conocer Lima… o al cine… o algo así… Ya se nos ocurrirá.

Sin dar tiempo alguno a que Fer se echase para atrás o buscase una excusa para no participar, Valeria se puso en contacto con el señor Bernabé. Decidieron que él realizaría unas averiguaciones y luego se encontrarían para conversar.

Valeria sabía muy poco acerca de su abuela. Tenía su nombre y una foto antigua. Apenas lo suficiente para iniciar la búsqueda en algún lugar del pasado, pero solo unas hilachas como para lo que realmente necesitaban.

En los siguientes días, ella y Fer se dedicaron a sondear a don Cucho de la manera más sigilosa posible. Su intención era rescatar detalles, mendrugos de información, que les permitiera tener diferentes ángulos de exploración. Él se hacía el tonto, el que no sabía nada, quería permitirle a Valeria el gusto de encontrar la verdad por sí misma. Entendía a la perfección que su nieta tenía ese espíritu empecinado de todas las mujeres de la familia. Si le decía que "No" a algo que tenía metido entre ceja y ceja, el resultado sería un huracán en dirección contraria. Mejor dejarla ser. Eso era lo más sencillo siempre. Una vez que se diera varias veces contra la pared buscando algo que no iba a poder encontrar, ella misma iría retirándose, buscando alguna otra causa con la que obsesionarse; porque, eso sí, su nieta podía ser terca pero también era de las que fácilmente podía ser distraída de su supuesta concentración con cualquier cosa brillante que pasara por ahí. El mismo Fer podía convertirse en su siguiente gran aventura. Ella no tenía idea en ese momento, pero don Cucho veía ese futuro sendero como si ya fuese realidad.

Mientras buscaba datos acerca de la abuela que les podría ayudar a encontrarla, a Valeria se le ocurrió que tal vez su abuelo tendría cartas en su cuarto. Entusiasmada por sus pensamientos, dejó a don Cucho preparando el olluquito de los jueves y subió a buscar a Fer una tarde antes de la comida.

—Necesito entrar al cuarto de mi abuelo y que lo entretengas de alguna manera para darme harto tiempo a solas para rebuscar en sus cajones —le dijo apurada y casi sin aliento apenas entró al departamento sin siquiera saludarlo primero.

Fer se terminó de poner la camiseta de entre casa que vestía en las tardes, después de la universidad, luego le contestó con toda calma:

—Hola Valeria. ¿Cómo estás? ¿Qué tal tu día? El mío bien, gracias por interesarte tanto en mi vida...

—Ummm... disculpa... Tienes razón. He sido una grosera. Hola Fer. ¿Te agarro en un mal momento? —dijo Valeria intentando retractarse de su acción anterior, aunque en el fondo no le había disgustado encontrar a su vecino a medio vestir. Al contrario, si pudiese le hubiese sacado el polo para poder admirar durante un larguísimo tiempo esos pectorales que ella sentía estaban especialmente moldeados para algún día recibir su cuerpo de mujer.

Fer disfrutó que la mirada de Valeria se perdiese en el infinito de su pecho al tiempo que su media sonrisa dejara entrever que algo pecaminoso daba vueltas en esa mente donde él imaginaba varios circos divagaban.

—¿Valeria? —Fer chasqueó los dedos unas cuantas veces hasta que consiguió sacarla de su ensimismamiento.

—¡Uy! ¡Me fui! —contestó Valeria con una risa impostada y enrojeció de inmediato. Se sentía abochornada por la idea de que Fernando se hubiese dado cuenta de su larga observación de su maravilloso cuerpo—. Regresando a unos segundos antes, cuando recién entré por tu puerta… Nada, que estaba pidiéndote que me ayudes a distraer a mi abuelo por media hora, o más si puedes, para que yo busque entre sus cosas en su cuarto, a ver si encuentro algún tipo de correspondencia de mi abuela —y de pronto se le ocurrió algo que le pareció brillante—: ¡A no ser que… también la estuviesen espiando en el Internet, como hicieron conmigo, y entonces ya está ubicada y no me han dicho nada!

Esta vez fue Fernando el que se empezó a carcajear nervioso.

—No Valeria, ¿cómo crees que vamos a hacer eso a cada rato? ¡Gua! —trató de explicar mientras daba vueltas en círculo en su pequeña sala—. Que yo sepa, tu abuelo le perdió la pista a ella hace tiempo. Yo no le he ayudado con nada de búsquedas en las redes. Y él tampoco me ha pedido —de pronto la seriedad le regresó y apoyado en el marco de la puerta que seguía abierta, empezó a ponerla en su sitio por su temeridad y su imprudencia—. ¿No te has puesto a pensar que tal vez él ya no quiere saber nada de ella? ¡Que con tanto tiempo que ha pasado, y todo lo que le ha costado sanar sus heridas, sería cruel abrirle las cicatrices, hacerle pensar que ella va a regresar! ¿Que a lo mejor estás gastando tu tiempo en una ilusión que solamente existe en tu mente? ¿Qué te da el derecho de tomar decisiones por tu abuelo?

Valeria lo miraba sin creer lo que veía. De lo tímido y fácil de manipular que siempre le pareció Fer, ahora se mostraba como un gallito de pelea, listo a sacar las garras por su benefactor, su abuelo. Le gustaba esa faceta, aunque eso no la haría retroceder. Podía hablar todo lo que quisiera, ella ya estaba decidida a encontrar a la abuela y traerla a casa. Ya su abuelo decidiría en su momento cómo enfrentar esa nueva oportunidad. Porque eso era lo que ella quería regarle a ese abuelo que con tanto cariño la aceptó tal y como era.

—Entiendo todo lo que dices, te juro que incluso lo respeto, aunque eso no le quita que nuestra misión esté clara y que tú o me apoyas o no... —contestó Valeria—. Necesito saber si me vas a ayudar distrayendo al abuelo. Tiene que ser algo que lo saque de la casa por treinta o sesenta minutos... ¿Lo vas a hacer o no? —concluyó lanzándole esa mirada que lo quemaba por dentro.

—Déjame pensar qué puedo hacer —contestó Fernando. Él tenía el permiso de don Cucho para ayudar a su nieta en ese cometido de todos modos.

—Ya. Pero tiene que ser esta semana —empujó Valeria—. Vamos a comer, el abuelo dijo que está haciendo olluquito.

—¿Con charqui? —preguntó Fernando.

—No sé. Ahora nos enteraremos —dijo Valeria empezando a bajar—. ¿Qué es charqui? —preguntó al rato.

—Carne seca salada… —contestó Fer—. Ojalá sea de llama.

—¿De llama? ¿Del animal, la llama? ¿Cómo va a ser posible eso? ¡Qué asco! —dijo Valeria haciendo una mueca mientras ingresaban a la casa de don Cucho.

—¿Comes todo tipo de animal, pero la llama te parece mucho? —se burló Fer—. Espérate que alguien te invite a comer cuy… Es como un hámster, esos que ustedes tienen de mascotas… Te lo traen con cabeza y todo… sus patitas al borde del plato, ojos abiertos y dientes pelados, como sonriendo… ahí sí que vas a ver lo que es asco —agregó poniéndole cara de roedor. Valeria se llevó las manos a la boca en gesto de vomitar.

—Uy, le voy a pedir a Chan que te haga un cuy al estilo chino. *Chi Jau Cuy* se llama el plato —se unió don Cucho desde la cocina.

Unos días después, Fer se inventó un problema que únicamente don Cucho podía resolver y se lo llevó a tomarse unas chelitas y comer un tiradito en una barra cevichera que quedaba varias cuadras para arriba en la San Luis, pasando el Centro Naval.

Se despidieron de Valeria en la puerta del Wan Hu. No lo habían conversado previamente, pero ella entendió en ese instante que Fer le daría el tiempo necesario a solas con las cosas del abuelo y, sonriendo con afabilidad a los hombres de su vida, se fue rápido en la motoneta.

Don Cucho y Fernando caminaron juntos sin gran apuro, el abuelo empujando la bicicleta a su lado. Cómplices en el engaño, victoriosos en el conocimiento de la impetuosidad de Valeria. Tenían que dejarla hacer las cosas tal y como ella las dibujaba en su imaginación, experimentar en la vida real, caer para aprender a levantarse.

Al llegar a casa, Valeria abrió la reja, cuadró la motoneta como pudo y luego de echar llave afuera y abrir a la volada la puerta principal de la casa, fue dejando el bolso y los zapatos tirados por donde iban cayendo hasta llegar a la habitación de su abuelo. El estómago le sonaba, eran las tripas angustiadas y a la vez hambrientas. La confusión en su cuerpo la envolvió en un calor bestial que se empezó a desprender en gotas de sudor que aparecieron por todos lados al mismo tiempo. Las manos le temblaban como a vieja, los cajones se resbalaban dubitativos bajo sus palmas grasosas. Era como si su piel estuviese hecha de manteca. Los poros no respiraban. La entrepierna se llenó de sarpullido. Hasta granitos le salieron.

Si hubiese sabido que su abuelo y Fernando estaban perfectamente enterados de lo que hacía ahí le hubiese dado una pataleta.

Abrió el armario. Todo chirrió. De la oscuridad salió un olor a humedad y moho. Estornudó antes de meter la mano por entre la ropa. Luego continuó en los rincones más apartados, las repisas, los cajoncitos. Nada. Procedió entonces con los cajones de la mesa de noche y las maletas debajo de la cama.

Cuando se iba a dar por vencida, se echó en el suelo, al lado de la cama. Fue entonces que observó algo que le llamó la atención sobresaliendo de entre los resortes de la cama. Tanteó con la mano hasta que sintió un bulto como de tela. Jaló con fuerza y todo cayó al suelo.

—*Gotcha!* —dijo extirpando del lugar secreto un manojo de sobres y documentos—. Para que veas que el que busca, encuentra —susurró, repitiendo un dicho que le había escuchado a su abuelo.

Se trataba de una funda de almohada oscura a la que le habían cosido velcro para pegarla a la parte de abajo del colchón, en donde también colocaron tiras de velcro.

—A ver… qué tenemos por aquí… —continuó, metiendo la mano en un sobre abultado y sacando un fajo de billetes de cien dólares—. Ah, míralo al don Cucho, tiene su buen guardado… ¡Esa vaina de esconder la platita debajo del colchón no es ningún mito! —sonrió y colocó el dinero de regreso en su sitio.

Sentada en el frío suelo del parqué desgastado por el tiempo y la humedad, Valeria fue colocando lo que encontró en diferentes grupos.

Primero, agrupó los documentos importantes. Entre ellos encontró su certificado de nacimiento. La más rara impresión se llevó al leerlo y enterarse de que ella había nacido en una clínica en San Borja y no tenía idea. También encontró el certificado de matrimonio de sus padres. *No se casaron por la iglesia*, masculló fastidiada, aunque no tenía idea por qué le importaba tanto si ella les tenía repulsión a todas las religiones. Cuando lo pensó más tarde se dio cuenta de que era porque era una razón más para tachar a su madre de hipócrita por omisión.

En otro montoncito colocó cartas. Se le hacía tan interesante ver esos sobres con estampillas, sellos y membretes de épocas pasadas y la extraordinaria caligrafía a mano de los que enviaban esas misivas. *Ya nadie escribe así*, pensó mientras acariciaba el papel de cebolla con líneas difuminadas en azul. No recordaba haber recibido una carta escrita a mano en toda su vida. *Ya nadie escribe tan bonito y tan largo, pensando en cada palabra que van a poner para no equivocarse y que les quede impecable.* Su generación digital con las justas mandaba textos tan cortos y tan mal escritos que daban pie a diferentes interpretaciones.

En tercer lugar, agrupó las fotos, junto con una variedad de recortes de periódicos. Aquí es donde Valeria veía el mayor potencial, ya que era la pila más contundente de todas.

Como ya había ojeado los documentos, pasó a mirar las cartas. Una por una las fue abriendo y leyendo los contenidos. Pronto pudo descartar aquellas que venían de remitentes repetidos y que ella ya había detectado como parientes o amigos del abuelo que no tenían nada que ver con lo que buscaba. Unas cuantas hablaban de la abuela de refilón, sin ofrecer claves acerca de su paradero. A la media hora de la tediosa lectura dio por fin con una carta escrita por alguien que a lo mejor era su abuela. No tenía mucho detalle en la carta misma. Lo que le llamó la atención fue la foto incluida, firmada por una tal hermana Esperanza y el remitente, un tal Miguel Hernández, con dirección en una parroquia en El Agustino.

Guardó la carta en su pantalón y empezó a mirar las fotos. Encontró una de una mujer entradita en años que se parecía a la de la hermana. La mujer estaba mejor arreglada, con un corte a la moda de hacía un par de décadas, bien maquillada, aretes de perlas y un collar que le hacía juego, llevaba puesto un vestido floreado de manga corta. Sacó la foto del sobre y las comparó. Era la misma persona. Y aunque un poco mayor que la foto que el abuelo le mostró antes, era ella, la abuela. Seguro se había cambiado el nombre cuando hizo sus votos. Cuando releyó la carta se dio cuenta de que se trataba de una corta despedida.

Entre los recortes no encontró nada de valor para su misión ya que en su mayoría eran artículos donde destacaban el trabajo de su abuelo cuando era joven. Mientras revisaba la ruma se percató de que aquello de la prensa escrita era también algo que iba camino a la extinción. Su generación se enteraba de todo a través de las redes sociales. *Nadie tiene tiempo para leer… o ganas*, se dijo.

El limón se le hizo agrio en el paladar a don Cucho cuando se acordó de que entre los recortes de periódico que guardaba en su cuarto había uno que describía con todo detalle la muerte de su yerno. Si ella lo encontraba se enteraría de que su papá no murió de un ataque al corazón fulminante, cuando todavía era bastante joven para sufrir de problemas cardíacos, como él le dijo a su nieta, sino de un accidente en donde se cayó de la escalera sin terminar de afuera, la misma que ahora llevaba al departamento de Fernando. Un terrible accidente que la misma Valeria causó, tal y como ella soñó cuando estuvo en cama con la gripe.

¡Para qué diablos guardé algo así en la casa! ¡Me tuve que haber deshecho de todo apenas ella apareció en mi puerta! Para psicólogo soy un maleta en lo que se trata de mi propia familia, se recriminó mientras trataba de dilucidar lo que haría si Valeria lo enfrentaba con la verdadera información. Lo primero sería tratar con el trauma de haber causado la muerte de su padre. Así hubiese sido un accidente, su nieta todavía tenía que procesar lo que le hizo su propia madre. Su mente no estaba para lidiar con un trauma tan grande como aquel. *Vaya a ser que le da la razón a su mamá y sienta que se merece el maltrato. ¡No! Eso no lo puedo permitir. Ella está en un buen lugar en este momento, sintiéndose más fuerte cada día, llenándose*

de fortaleza y recuperando su autoestima, haciendo amistades, conociendo a su familia y lo que el amor verdadero es.

Le metió el tenedor al camote y la leche de tigre le saltó al ojo.

—¡Carajo! —gritó soltando el tenedor para llevarse las manos al ojo—. ¡Puta madre! —chilló al darse cuenta de que el ají de sus manos se había transferido a sus ojos. El escozor original hizo que reaccionase instintivamente sobándose de nuevo.

Fernando le pasó varias servilletas y el mozo le trajo un vaso pequeño con leche y le dijo que se lo colocara sobre el ojo haciendo presión para formar un sello y que luego tratara de remojar el ojo ahí, pasando de un ojo al otro hasta sentirse mejor.

Don Cucho chillaba tanto del dolor que toda la actividad en el restaurante se paralizó a la espera de ver si el hombre se recuperaba o si tendrían que llamar a la ambulancia. Los comensales se levantaron de sus asientos, dejaron sus mesas y su comida para acercarse a curiosear.

Pasaron unos minutos y los sollozos de don Cucho fueron bajando de volumen e intensidad hasta que destapándose el ojo dijo con la cara bañada en leche:

—¡Creo que no voy a ser ciego! ¡Chelas para todos! —anunció sintiéndose dadivoso al haber superado una escena dramática. La gente aplaudía al tiempo que se acercaba al viejo y le daba palmaditas en la espalda—. Este ají pica como el demonio. ¡Cuidadito nomás! Y si no, ya saben: leche.

—Leche de tigre —contestó una mujer que vestía un mameluco bastante sucio con manchas de aceite—. ¡Salud! —continuó y levantando el plato hondo se lo llevó a la boca para beber su picante contenido de limón con ají y jugo de cebolla.

—¡Salud! —contestaron los comensales de varias mesas imitando su acción.

Fernando seguía alelado por lo ocurrido y por haberle escuchado decir a don Cucho tanta mala palabra junta. Su mentor era por lo general muy mesurado en todo lo que hacía y decía.

—¿Qué pasó don Cucho?

—¿Cómo? ¿No viste?

—Me refiero a que me parece raro que haya tenido ese accidente y que haya perdido la compostura que lo caracteriza. Lo noté distraído justo antes de que ocurriera todo. Su cara se descompuso todita, como si hubiera pensado en algo malo… o se hubiera acordado de algo horrible…

—Ay, Fernando… Eres bueno para percibir detalles que para la mayoría son indetectables. Es que sí hay un problema… y es que de pronto me acordé de que entre las cosas que Valeria puede encontrar en mi cuarto hay un recorte de periódico acerca de la muerte de su papá… ¿Te imaginas si lo encuentra?

Fernando no entendía por qué don Cucho estaba tan preocupado. Ya Valeria sabía la verdad. ¿Qué más podía hacerle daño?

—¿Por qué se preocupa? ¿Tiene miedo de que se acuerde y de nuevo pase por todas las etapas del duelo? ¿Eso puede suceder?

—Por algo todavía eres estudiante, Fernando —lo miró dándole un gesto de profesor—. La mayoría de las personas puede pasar varias veces por las etapas del duelo… o solamente repite algunas e incluso a veces con más intensidad. Es que ese no es el caso. La situación es que me va a odiar por haberle mentido. O peor: se va a odiar porque ella causó ese accidente…

Fernando entendió que le faltaba información.

—¿Qué quiere decir, don Cucho? ¿De qué está hablando? ¿Cuál accidente? ¿Acaso no se murió de un infarto y eso fue de lo que se enteró Valeria hace poco: ¿que no la había abandonado, sino que estaba muerto?

Don Cucho miró a Fernando mientras pedía la cuenta. Las preguntas le hacían sentir apuro por regresar a su casa.

—Mentí para protegerla. Ya su mamá le ha hecho suficiente daño todo este tiempo. Lo cierto es que una vez que estaban de visita en Lima y tu departamento, junto con la escalera, estaban recién en construcción, porque mi intención era la de darles el depa de regalo, para que siempre tuvieran donde venir, los padres de Valeria se estaban peleando justo allá arriba, donde está tu balconcito, y la niña, al verlos, empezó a subir para pedirles que se abrazaran. Su papá quiso detenerla, perdió el paso y se cayó desde el segundo piso a las piedras de la entrada. Murió poco después.

Fernando se quedó boquiabierto.

—Gracias por decirme, don Cucho. Concuerdo con que ella no debe saber. Le guardaré su secreto, se lo prometo.

—¿Y cómo nos enteramos de si encontró ese recorte?

—Conociéndola, si lo halló, se lo va a tirar en la cara apenas regresemos —dijo Fernando con toda seguridad—. De no ser así, esperará hasta la noche para subir a contarme de su aventura de esta tarde.

Armada con un nombre, una foto y la dirección de una parroquia, Valeria fue a buscar a Fernando tarde esa noche. Tenía fe que con su vecino y el chofer que le dijo que conocía bien El Agustino les sería de lo más sencillo encontrar a su abuela y convencerla de regresarse a su hogar, a donde pertenecía, según Valeria que ni siquiera la conocía, y pasar su vejez al lado del hombre que alguna vez amó, en lugar de sufriendo los avatares de la pobreza en un lugar en donde faltaba de todo.

—Mira lo que he encontrado —chilló en voz baja Valeria apenas Fer le abrió la puerta. Se le veía triunfante al mostrarle lo que se robó del cuarto de su abuelo.

Fernando exhaló un gran suspiro de alivio al confirmar por segunda vez que Valeria no vio el recorte de periódico en donde se daba cuenta de la muerte de su padre.

—No te imaginas el guardado que tiene el abuelo en su cuarto —continuó, gesticulando los gritos que quería emanar en lugar de permitirles salir y correrse el riesgo de despertar al abuelo—. No he traído todo lo que he visto, por razones obvias… se entiende, ¿no? —dijo, sentándose en una de las sillas de plástico mientras le extendía los documentos a Fernando.

Luego de revisar la foto, la carta, y el sobre, Fer dictaminó:

—¿Tú crees que con esto la vas a encontrar? El matasellos indica una fecha de hace más de una década y esta foto es de alguien mucho más joven de lo que sería tu abuela hoy en día... que tendría que ser alguien que ya esté marcando base siete, como tu abuelo... setenta y pico... o algo así. Porque, que yo sepa, eran casi contemporáneos.

Valeria lo miró fastidiada. Aunque hubiese querido que Fer le diera la razón de inmediato, lo que él indicaba era bastante cierto. Le agobiaba cuando alguien la bajaba de las nubes y sembraba toda clase de dudas en su plan.

—Es algo para empezar —contestó sin siquiera creérselo ella misma—. Es posible que la abuela ni esté en esa parroquia. Los religiosos se mueven mucho, me imagino, van a donde los necesitan. Aunque... ¿quién sabe si esa dirección nos lleva a otra y a otra? Alguien se tiene que acordar de ella en esta edad —dijo mostrando la foto—. No es tan diferente de otras fotografías en el álbum del abuelo en donde ella era incluso más joven.

Fernando quiso aplazar un poco la expedición. Ni siquiera don Cucho sabía dónde estaba su ex señora, cómo la iban a encontrar ellos. A veces le parecía que Valeria era muy independiente, que le gustaba hacer sus cosas por su cuenta; pero otras tantas veces la encontraba inmadura e irrazonable. Como si todo se pudiese hacer con el chasquido de los dedos. Se dijo que era posible que ella basaba su optimismo en su vida en Estados Unidos, donde imaginó que todo era más sencillo de conseguir sin sudarla mucho. *Tiene mucho que aprender acerca de cómo son las cosas en un país tan diferente como Perú*, se dijo molesto por la impertinencia que ella demostraba con su actitud de princesita, aunque de inmediato sonrió al darse cuenta de que él sería su guía.

—Oye, ¿y si encontramos a alguien que nos haga una de esas fotos trucadas en donde te muestran cómo te verías de viejo?

Valeria lo miró dubitativa. Sabía de qué le hablaba. Era algo que se hacía mucho en Estados Unidos cuando buscaban personas desaparecidas por décadas.

—Quizás podemos encontrar a alguien que sepa hacerlo —dijo Valeria—. También podemos hacer eso al mismo tiempo que la buscamos. Uno no borra lo otro.

—O tal vez podemos encontrar un programa que podamos bajar del Internet. Felizmente la misma tecnología está por lo general disponible en todos lados —añadió Fer al darse cuenta de que aquel paso no detendría al huracán Valeria.

—¡Buena idea! Me parece perfecto —contestó Valeria satisfecha—. Hacemos eso esta noche, imprimimos la nueva foto y mañana llamamos al señor César Bernabé y lo contratamos por un día entero.

—Tiene que ser en el fin de semana para que no se cruce con clases o trabajo —le recordó Fernando.

—Sí, sí, tienes razón —asintió Valeria—. Ya, ahora que estamos de acuerdo, busca el programa para envejecer a la abuela

Estuvieron buscando un buen rato en el teléfono de Fernando hasta que encontraron una aplicación que los convenció por ser la más sencilla de usar con lo que tenían a su disposición y que funcionaba con la antigualla que cargaba el vecino en su bolsillo.

Al ver los resultados, Valeria cantó victoria:

—¡Te dije que sería bastante parecida y lo es! Espero tener los buenos genes de la abuela —exclamó Valeria al ver la foto de una señora bastante guapa.

Llegaba la medianoche. Fernando bostezó. Le urgía irse a dormir, aunque le encantaba estar con Valeria, sentirla tan llena de vida en todo lo que hacía, así fuese algo en lo que él no tenía ni un ápice de deseo en participar. Quiso jalarle la lengua un poco más. Total: diez minutos más, diez minutos menos en la cama, lo valían.

—¿Ya has pensado cómo la vas a convencer a tu abuela? Si es realmente una persona con convicción, que ha entregado su vida a Dios, no creo que te sea fácil —planteó Fernando.

—No por completo… Primero la quiero ablandar con el tema de que soy la nieta que nunca vio crecer y que he regresado porque mi familia me hace falta… Como lo de la parábola del hijo pródigo, pero con nieta y abuela. Pasado un tiempo en que nos podamos conocer, conectar, confiar la una en la otra, le diré algo así como que está bien ser empática, caritativa, darlo todo por ayudar a los que no tienen, cuando eres joven y tu cuerpo no se queja de ningún achaque… Pero que ahora que ya está mayor sería ¿inapropiado?, o algo por ese estilo, quedarse y convertirse en carga para los que la rodean… Creo que eso es el argumento que debemos usar para que se venga de regreso a casa.

Valeria era de armas tomar. Fernando ya la había gozado varias veces haciendo de capitán de excursión a lo desconocido. Entendía que la única manera de llevarse con ella era seguirla a donde quisiera, ofreciendo su opinión únicamente cuando se la pedían, que no era necesariamente todo el tiempo, porque ella le decía que él era muy timorato en su aproximación a la vida en general y que era preferible hacer algo y equivocarse que quedarse de brazos cruzados.

A pesar de conocer Lima bastante bien, Fernando se encontraba, en efecto, muy aprensivo. Esta vez la aventura los llevaría, literalmente, a la punta del cerro, a un lugar que él hasta entonces había ignorado. ¿Qué harían si los cuadraban entre varios, si los asaltaban y los dejaban con los ojos morados, las costillas rotas, y sin dinero para regresarse? Él, que siempre evitó meterse en líos y menos darse de trompadas con nadie, no veía cómo haría para enfrentar elementos criminales con un físico de fábrica casi, uno que nunca tuvo que utilizar para resolver problemas.

Y mientras él revisaba en su mente todos los escenarios de posibles peligros, porque en verdad nunca había estado en El Agustino y se imaginaba que todo sería de película de horror plagada de golpes y ríos de sangre, Valeria festejaba el hecho de poder pagarle a su abuelo su infinita caridad regresándole su esposa para que pudiesen disfrutar, juntos, de una vejez mucho más tranquila, amorosa, acompañada, tal y como se lo merecía.

Decidieron salir un sábado a las cinco de la mañana, bien caletas, antes de que el abuelo despertara a buscar sus chancayes y su pan francés calientito del panadero que aparecía sin falta por su calle con su triciclo cargado de humeantes delicias, así fuese fin de semana.

A través de sus conversaciones clandestinas con Valeria y Fernando en los días anteriores, el señor Bernabé estaba informadísimo acerca de la misión de los jóvenes. De hecho, ya había realizado algunas indagaciones previas acerca de parroquias, centros comunitarios, comedores populares y albergues para los desplazados, de modo que iniciaban la asignación con una especie de ruta de lugares señalados en un mapa de Internet que les mostró en la pantalla de su teléfono y en donde irían deteniéndose para preguntar acerca del paradero de la abuela.

Ellos pensaban que la búsqueda la completarían ese sábado. Pero el señor Bernabé sabía que el suyo era un distrito bastante extenso y denso de población, con mucho que recorrer desde la explanada hasta los lugares en la cima de la montaña, así que estaba seguro de que demorarían un poco más, y que gracias a todas esas carreras su billetera podría terminar bien llenita.

Apenas dejaron la comodidad de San Borja y se instalaron en el taxi, El Agustino dejó de ser un misterio total. El mismo Fer se tranquilizó conforme avanzaban dejando lo familiar atrás y el taxista les explicaba lo que iban viendo, hasta los detalles que hubiesen pasado desapercibidos, de modo que se imbuían de la cultura. Y es que para ellos el señor Bernabé se convirtió en su bandera blanca, su pasaporte a esos lares que, a pesar de estar a pocos kilómetros de su parque en San Borja, se convertían en escarpadas montañas de personajes exiliados por su abismal pobreza, tan marginados para ellos como si se tratase de un país al otro lado del mundo, aun cuando todos esos pobladores residían con sus blandengues viviendas en plena ciudad.

Mientras subían el cerro por las estrechas calles, algunas pavimentadas, otras no, Fernando dio rienda suelta en su mente a sus grandes miedos acerca de temblores y terremotos. *¿Qué pasaría si empieza a temblar? ¿Se caería todo?*, se preguntaba mirando para todos lados. Él creía que nadie notaba su nerviosismo, aunque lo cierto era que el taxista ya lo tenía tasado. A él y a Valeria, que hacía lo opuesto, deleitándose al encontrar un mundo desconocido en cada curva.

Sabiéndose el único que tenía las llaves para encontrar a la abuela en ese laberinto de casas, edificios, comercios, parroquias y otros lugares de servicio a la comunidad, el señor Bernabé tomó la batuta de los otros dos, decidiendo a dónde les convenía ir y en qué orden. El hacerlo así alimentó de gran manera el ego del hombre, quien en general se encontraba entre aquellos desventurados que el mundo allá abajo ignoraba por lo general, aunque hay que decir que en realidad su conocimiento del distrito los ayudó muchísimo.

Fueron pasando de parroquia en parroquia, de hogar en hogar, de centro comunitario en centro comunitario, la foto de la abuela envejeció en las manos surcadas por la suciedad del trabajo manual de tantos que fueron tocándola, como si eso ayudase a traer recuerdos a la mente. La frustración, el hambre y el polvo metiéndose por la boca, los ojos, las orejas y las fosas nasales los llevó a detenerse en un guarique que servía de restaurante al aire libre y "con vista a Lima", si uno tenía la actitud benevolente o positiva de nombrar las cosas con un poco de imaginación.

El señor Bernabé le hizo un gesto a la mujer que atendía y ella les trajo una palangana pequeña y unos trapos para lavarse las manos antes de comer. Pidieron una ronda de cervezas bien heladitas, un bistec a lo pobre para el taxista, un ceviche de pescado para Fernando y unos tallarines verdes para Valeria. Aunque al final compartieron todo entre los tres porque ella no podía dejar de tirarle el ojo al gigantesco plato del señor Bernabé y Fer sentía que se había quedado chico con su pedido.

Cuando terminaron, ella pagó la cuenta con los soles que había ahorrado de las lecturas del tarot, porque todo lo que ganaba en el chifa y de las propinas del *delivery* se lo daba a su abuelo. En todo caso, le pareció lo justo hacerlo ya que, de los tres, era ella la que tenía el mayor interés en estar dando vueltas ahí.

Saliendo de la chingana se dieron cuenta de que el local también se doblaba como tiendita.

—Se me ha antojado un postrecito, unas natillas piuranas caerían muy bien para recargar las baterías antes de seguirla —dijo Fernando entrando al local.

—Tenemos, joven —le contestó una voz que subía desde atrás de un mostrador tapado con cajas de mercancía casi hasta el techo.

—¿Tienen? —contestó Fer al aire sin poder creer su suerte.

—Natillas de Piura, King Kong de Chiclayo, Manjarblanco de Cajamarca. El dueño recién regresó del norte cargadito. Todo fresco. Lleve, pues, joven —dijo la voz y se levantó para ponerle lo ofrecido sobre el mostrador.

Fernando se deleitó mirando lo que la señora que los acababa de atender en el restaurancito le mostraba. No podía creer que en ese lugar encontraría varios de sus postres favoritos.

—Uy, señito, ¡qué rico! Tiempos que no pruebo —se relamió Fernando—. Mi mamá ha estado muy ocupada con sus nietos para acordarse de mandarme una encomienda… Capaz piensa que ya estoy grandote como para querer que me engrían —dijo calculando en su mente si tenía suficiente dinero en la billetera—. Deme uno de cada uno… —indicó por fin, sabiendo que por San Borja nunca encontraba tanta variedad en un solo lugar—. Así compartimos —expresó mirando a los otros dos cuando se acordó de la compañía—. ¿Tiene cucharas que nos pueda regalar, seño? —preguntó Fernando, que quería ya meterle el diente a las natillas.

La señora le negó con la cabeza, pero pareció acordarse de algo y pidiéndole que esperara, caminó unos pasos hasta que la oscuridad de las cajas y costales que ocupaban casi todo el espacio de la trastienda se la comieron.

Al rato la mujer regresó con unos palitos de madera y se los ofreció. Fernando los tomó y agradeciendo el favor le dio uno al señor Bernabé y otro a Valeria.

Caminaron un rato más hasta que llegaron a una especie de parque con unas bancas desvencijadas, un sube y baja que ya no funcionaba y un tobogán de metal que a Valeria le pareció de lo más peligroso porque podía quemar la piel cuando el sol estaba fuerte.

Tomaron asiento como pudieron y Fer abrió la lata de natillas.

—Prueba —le dijo a Valeria ofreciéndole la lata.

—¿Cómo? —preguntó.

—Métele el palo, saca un poco y ponlo en tu boca —explicó Fer y le hizo una demostración—. Así. Facilito —dijo y le pasó la lengua al palo hasta limpiarlo—. ¡Está bue-ní-si-mo! —chilló exagerando.

Valeria lo imitó y pronto sintió por sí misma la exuberante felicidad de aquel manjar recorriendo sus labios, su boca, su lengua, hasta quedarse un buen rato alegrando con sus dulces notas todas las papilas gustativas de su paladar.

Entre los tres fueron tomando turnos para ir consumiendo la integridad del contenido en la lata de natillas. Cuando terminaron, el señor Bernabé pidió el envase.

—Mi señora madre lo usa para guardar cositas. Si viera mi casa llena de recipientes de todo tipo. Ella no tira nada. Más bien le encuentra una segunda vida a todo. Y estas, de metal, son las que le gustan por sobre todas las cosas. Ahí va solo lo más importante. Documentos, dinero… lo que quiere guardar con todo el cariño, pues —explicó el taxista, pasándole el dedo a lo que quedaba de dulce en la lata.

Con las tripas bien satisfechas, el chofer les indicó que sería mejor continuar a pie ya que las calles eran estrechas y el carro no podía pasar por ahí.

—Ya alguna vez alguien quiso meterse de todos modos y se quedó atrapado entre las casas, al punto que entre todos los vecinos hubo que desatorarlo; e, incluso así, el carro causó daño a varias paredes y al dueño le tocó pagar para arreglar todo eso —dijo el señor Bernabé carcajeándose al recordar la insólita situación y cómo tuvieron que casi cargar el automóvil del iluso que pensó que podría pasar—. Hombre, ¡qué tonto ese tipo! ¡Le costó un dineral la gracia! Y al final nos enteramos de que en realidad buscaba una dirección que ni siquiera estaba por aquí —dijo y de nuevo se carcajeó—. ¡Vieran la cara cuando se lo dijimos! Todo porque estaba apurado por encontrar a una chica que conoció en una pollada por aquí.

—¿Y la llegó a localizar? —preguntó Valeria.

—Ay, no, señorita —contestó el señor Bernabé poniendo cara de chismoso—. Resulta que ella le dio una dirección y un número de teléfono falso, hasta le dijo que vivía en la parte de arriba del cerro. El pobre nos explicó todo eso luego de que terminó de abonar lo que debía, unos meses después, porque tuvo que pagar en cuotas. ¡Si hasta estaba llorando de la rabia!

La conversación acerca del pobre muchacho y su desangelada aventura romántica continuó mientras caminaban hasta el final del estrecho camino donde se atoró el desdichado sujeto y su automóvil. Siguieron luego por un sendero de polvo que fue "mejorado" a lo pobre con piedritas que se les iban metiendo en los zapatos. A esto le siguió una serie de empinadas escaleras de desnivelados adoquines de adobe. Pronto Valeria abandonó la conversación acerca del muchacho enamorado y llorón en la que seguían Fer y el señor Bernabé y empezó a pensar en su abuela, en lo que a ella le habría conmovido aquel lugar y sus pobladores al punto de decidirse a dejar al abuelo y mudarse a una vida sacrificada. Era difícil entenderla desde el bienestar de la vida en un barrio de clase media con acceso a tantas comodidades. Aunque estando allá arriba empezó a apreciar con mayor claridad el llamado que la abuela de seguro sintió a salvar vidas y almas.

Al atardecer terminaron de subir lo que a Fer y Valeria les parecieron miles de escalones y llegaron a una explanada en la punta del cerro. No había mucho ahí. Unas antenas, un basural, algunos chivos, unos jóvenes rapeando a toda voz y una covacha desde donde salió un hombre pequeño de un rostro cobrizo surcado por arrugas. Con un gestó saludó al señor Bernabé y se acercó caminando despacio, apoyándose en su cayado.

De inmediato el viejo les llamó la atención pues vestía como discípulo de Jesucristo: con una serie de batas de múltiples colores, amarradas en la cintura con una soga gruesa que mostraba varios nudos, el largo pelo cano en una coleta trenzada que descansaba sobre sus hombros y de calzado unas ojotas de caucho que le quedaban pequeñas pues dejaban sobresalir sus dedos gruesos y callosos. Un personaje que parecía salido de la biblia.

El taxista se apresuró a saludarlo con unas palmaditas en la espalda.

—¡Cuánto tiempo, César! Ya no te he visto por la iglesia desde que falleció tu hermana. Se te extraña. Sobre todo, después de misa, cuando jugamos dominó donde el viejo Rigoberto.

—Padre Fidelio, ¡qué gusto verle enterito! — contestó de una manera efusiva el señor Bernabé, demostrando el cariño de décadas de conocerlo, aunque evitando tener que explicar lo que a él le parecía obvio: que estaba molesto con Dios por llevarse a su Carmencha, tan linda y tan chiquilla ella, con toda la vida por delante—. ¿Se vino de nuevo acá arriba a rezar por cuarenta días? —señaló. Y sin esperar a que contestara, continuó—: Le presento a Valeria y Fernando. Andan buscando a una persona por aquí y no se me ocurrió mejor idea que venir a visitarlo.

Recién entonces el viejo se fijó en ellos. Los saludó y luego le pasó la voz a los otros chicos que andaban por ahí para que se acercasen. Al padre Fidelio le gustaba que todos en la comunidad compartieran, así fuese en las buenas o en las malas. Solía decir que Dios los había puestos juntos por alguna razón que solo Él conocía.

—Vengan, vengan y escuchen todos, tenemos unos visitantes que necesitan nuestra ayuda —explicó apenas se congregaron en un círculo en la pampa—. Bueno, también un parroquiano al que a lo mejor podemos convertir en nuestra propia parábola de la oveja perdida —dijo mirando al taxista y los jóvenes cantantes aplaudieron y de inmediato armaron una canción en rap de esa parábola:

"Una oveja se perdió de entre cien ovejas/ el pastor dejó a todas y salió a buscarla / la cargó feliz al encontrarla / y dijo: el cielo goza más por un pecador arrepentido que por noventa y nueve justos / Aleluya, te lo digo, Ale-lu-yaaaa / Busca el pastor al pecador arrepentido".

A pesar de que a la improvisada interpretación de la historia que Jesús alguna vez contó y que San Lucas transcribió en su evangelio le faltaba armonía en los acordes, por más música rap que fuese, por respeto los tres visitantes esperaron a que los jóvenes terminaran de cantar.

—Estamos modernizando la misa y estos chicos nos ayudan. Así encontramos una manera de atraer a la gente joven. Ya ven que la mayoría de nuestros parroquianos ya están casi de salida de esta vida terrenal... —dijo el cura tratando de explicar las novedades en la parroquia que el taxista se había perdido—. Si hubieses venido en los últimos años te hubieses enterado... Tráelo a tu hijo la próxima vez. A lo mejor a él si le atrae la palabra de Dios en ritmo de rap.

—Así lo haré, padre, para la próxima, le prometo por Diosi...

El cura lo detuvo:

—¡No tomarás el nombre de Dios en vano!

El señor Bernabé paró en seco, se puso colorado de la vergüenza.

—Vamos, hablen pues, digan a qué han venido hasta aquí arriba —tomó la palabra el padre al ver que de esa manera no se iba a ganar el regreso del señor Bernabé. Él debía mostrar compasión y empatía, capaz así se lo ganaba, capaz así recuperaba a su oveja.

Valeria se lanzó al ruedo. Veía que el día se les iba y no tenían siquiera una clave acerca de dónde encontrar a la abuela. Ya habían pasado por la dirección de la parroquia desde donde supuestamente la hermana Esperanza había enviado su última carta al abuelo a través de Miguel Hernández. Pero no encontraron a la hermana Esperanza y se enteraron de que ahí no estaba, ni estuvo jamás, el tal Miguel Hernández.

—Esta señora es mi abuela. Vivió feliz con mi abuelo en San Borja hasta que empezó a venir a El Agustino con el fin de ayudar con ciertas caridades. Cada vez vino más y más, como voluntaria, hasta que un día ya no regresó a casa —explicó mostrando la foto de su abuela cuando estaba casada—. Luego se divorció y se convirtió en la hermana Esperanza —siguió y le enseñó la foto que tenía de su abuela como hermana—. Esta tercera foto la hicimos con un programa que muestra cómo se vería uno con más años encima —indicó dándole la foto de la abuela en sus setentas que tendría en ese momento.

El padre sacó sus anteojos del bolsillo de una de las batas y colocándoselos miró por largo rato cada una de las imágenes.

—¡Increíble este programa que envejece! Me pregunto cómo veré yo en diez o veinte años más —dijo mientras le devolvía las fotos a Valeria—. Lo cierto es que recuerdo a la mujer, a tu abuela —se corrigió intentando dulcificar lo que iba a decir a continuación—. Pero no era ninguna hermana de ninguna orden. Nos contó que pasó por muchas parroquias hasta que llegó a la nuestra y aquí se quedó mucho tiempo. Le gustaba mucho el trabajo voluntario, sobre todo ayudar a las mujeres a prepararse mejor, a ser buenas administradoras del hogar… y hasta las inspiraba para que estudiasen y fueran emprendedoras. Hacía muy bonita labor. Le encantaba trabajar en los huertos y a veces apoyaba cuando se necesitaba manos extras en las ollas comunes. Eso sí: siempre se vestía como hermana. Así, como sale en la foto. Como era tan buena con todo lo que hacía, le permitíamos esa excentricidad. Y sí, siempre decía que la llamaran hermana Esperanza. A decir verdad, nunca le pregunté por documentos o su historia pasada. Para nosotros lo único que importa es el presente, cómo servimos a Dios a través de la asistencia a nuestra comunidad —terminó y le entregó las fotos.

Valeria se sentía tan confundida que por los siguientes segundos no supo qué decir. *¿Cómo que mi abuela no era hermana? ¿Si no se entregó a Dios a través de los sagrados votos, por qué no regresó con el abuelo? ¿Por qué se divorció? Después de todo, uno puede ser voluntario y también esposa, madre y abuela. No entiendo nada...*, pensó fastidiada por el tumultuoso río de piedras y lodo que trajinaba cada vez más voraz entre su mente y su corazón.

Fernando saltó a realizar la siguiente pregunta:

—Entonces, sí la conoce, ¿sabe dónde está?

Todos esperaron la respuesta.

—La conocí. Sí claro, la conocí bien, como les conté. Lo que pasa es que un buen día, como a mediados de la pandemia, desapareció —contestó el padre mientras guardaba sus anteojos—. Con todos los que fallecieron en esa época y los que estuvieron hospitalizados, los que se quedaron sin trabajo, los chicos sin ir al colegio, la economía colapsada... No es que le haya prestado mucha atención. Pensé que, si no estaba enferma o muerta, estaría ayudando en algún lado. Fue una época terrible. Perdimos a la mitad de la gente de nuestra parroquia.

—¿Y a Miguel Hernández? ¿Lo conoce? ¿Le suena de algo? —insistió Fernando y le mostró el sobre en donde salía Miguel Hernández como el remitente y el nombre de la otra parroquia en donde ya les habían dicho que ahí no los conocían.

El cura volvió a sacar los anteojos y luego de ponérselos revisó el sobre.

—Miguel Hernández.... ¿Miguel Hernández? Me suena... ¿Por qué me suena? —dijo jugando con su trenza.

Uno de los chicos se acordó:

—¡Claro! ¿No era ese uno que antes ayudaba en la parroquia con las tómbolas y esas cosas? Pero cuando conoció a la hermana Esperanza, como un perrito fiel a donde estaba ella estaba él, ayudándola en lo que fuera. Día de semana, día feriado, invierno, verano... lo que fuera... lo veías cargando cajas, armando carpas, pelando papas, lo que fuera, ahí estaba él... No sé por qué quería ese *men* ser tan abnegado todo el tiempo. Mi papá decía que los hacía quedar mal al resto.

—Ah, ya pues. Ya me acordé. Era uno bien, pero bien feo, mismo jorobado de Notre-Dame. Sería que era un penitente de esos que además de rezar lo que le manda el cura siente que tiene que realizar muchos actos de contrición a través del servicio al prójimo. Y qué mejor que pegándose a la hermana como una lapa, pues... —dijo el otro chico acordándose del tal Miguel Hernández.

—¡Uy! ¡Capaz era su asunto! —dijo el tercero riéndose por su atrevimiento.

—Cállate. ¡Muchacho insolente! —gritó el cura. Se acababa de acordar de un incidente que ahora, en ese contexto, tenía sentido.

El descenso del cerro fue sombrío. Los tres iban callados, pensando en todo lo que acababan de oír. Únicamente se escuchaban de cuando en cuando las piedritas trotando bajo sus pies hasta resbalar al vacío. Abajo, el caos del cierre de la jornada laboral empezaba a hervir en las calles polvorientas. Una inmensidad de olores se mezclaba en un sopor neblinoso que apuraba a regresar a casita para darle curso a lo que hubiera de comida. Una canción chicha de esas de microbús intentaba reinar en el ambiente, contagiando hasta a los más opacos de espíritu de la jovialidad que embarga los huesos del pobre al escuchar la música.

Ellos caminaban como si hubiesen perdido todos sus sentidos allá arriba. Fantasmas en la ciudadela que se llenaba de emociones nocturnas. Entre el padre y los chicos raperos lograron despojarlos momentáneamente de su brújula.

Pronto pasaron por el parque, la bodega y el restaurancito donde estuvieron horas antes. Todo les parecía distinto. El señor Bernabé los apuró. No quería estar dando vueltas de noche con esos dos que no pertenecían en ese lugar.

—Ya vamos yendo de regreso, se está haciendo tarde. Cuando las fiestas empiecen mejor ni estar, que esto se llena al tope de borrachos —dijo el taxista apurándolos—. El carro está aquicito nomás. Vamos.

Valeria y Fernando no opusieron resistencia. Se sentían demasiado cansados como para querer seguirla. Necesitaban llegar a casa, conversar tranquilos. La desilusión que cargaban no era cosa sencilla de tragar. Tenían que recapitular, ver si todavía había algo más que hacer.

Cuando los dejó, el señor Bernabé hizo la pregunta de reglamento:

—¿Mañana a la misma hora?

Valeria y Fer se miraron. Hubo algo en esa sencilla pregunta que los llenó de optimismo, de inmaculada ilusión. La promesa de encontrar algo distinto. Era una locura, pero sentían que tenían que intentarlo. Ya estaban embarcados, ¿qué más daba un día más?

—Sí, por favor, igual —dijo Fer entregándole unos billetes. Valeria le pasó la mano por el hombro en señal de certidumbre.

Las luces en la casa del abuelo estaban apagadas. Lo único que se veía era el titilar azulino del televisor detrás de la cortina entreabierta. Sin decir nada subieron y, luego de sacar un par de cervezas del refrigerador, se acomodaron en el balconcito.

—Qué fuerte todo lo que nos hemos enterado hoy día —susurró Valeria luego de tomar un trago largo de cerveza.

—Ni que lo digas —contestó Fernando dejando la botella sobre el muro y estirándose lo más que pudo contra la pared.

Valeria tenía la vista fija en el parque. Mirar gente la entretenía, la calmaba, le ofrecía los dramas de otras vidas en un teatro que noche a noche traía algo novedoso. De alguna manera saber que otros a veces la pasaban peor que ella la hacía sentirse mejor por comparación. Ya se había dado cuenta de eso cuando se volvió adicta a las series de crímenes reales en Estados Unidos: las cosas horribles que le pasaban a otros le hacían sentir que su vida no estaba tan mal.

Empezó a observar con intensidad a las parejas que caminaban por ahí besuqueándose de rato en rato, metiéndose la mano de una manera que supuestamente era solapada, incluso casi "haciéndolo" detrás de los arbustos. Ya ella tenía fichadas a varias. Yeniya fue la que le llenó la cabeza con todas esas historias. Estaba la vieja que le sacaba la vuelta al esposo con el portero del edificio de al lado cuando él se iba de juerga con los amigos. La chiquilla cuyos padres eran tan estrictos que nunca la dejaban hacer nada, así que de pura rebelde salía a verse con un chico mayor. La empleada que tenía sus amarres con varios en diferentes parques. Los dos chicos que salieron del clóset en ese mismo parque.

De pronto algo hizo clic en el cerebro de Valeria.

—¿Y si Miguel Hernández y la abuela eran amantes? —gritó bajito dándole un ligero puñete a Fer en el brazo.

—Cómo va a ser, Valeria... ¿Estás loca? Se supone que tu abuela dejó a tu abuelo por querer entregarse a Dios y al servicio de la comunidad. ¿Y hace eso para irse con un tipo que parece el jorobado de Notre-Dame?

—Pero resulta que no era monja. Ni siquiera hermana. ¡Y el mismo padre Fidelio dijo que alguna vez los vio "demasiado juntos" una noche saliendo de un centro comunitario!

—La verdad que nadie siquiera sabía en donde vivía la tal hermana Esperanza. Aunque todos asumían que se quedaba en el refugio de mujeres maltratadas porque ahí es donde más voluntariado hacía. Aparte que tampoco ganaba ningún tipo de dinero, según lo que dijo el cura. Así que alguien la tendría que ayudar con sus gastos.

—¿Ves, Fernando? Ya estás captando lo que estoy diciendo. Yo creo que si encontramos a Miguel Hernández, vamos a poder localizar a la abuela.

—¿Estás segura de que te quieres enterar? Si está arrejuntada con ese tipo, es posible que ella no sea la persona que te has dibujado en la cabeza. Vaya, lo que digo es que se te puede caer su imagen y, encima, para malograrla más, ni siquiera la puedas traer de regreso con don Cucho, para que lo acompañe en su vejez y sea la abuela linda y preciosa, que te cuenta historias y te hornea alfajores, que seguro tú ya te has imaginado.

Valeria reconoció que Fernando tenía la razón. Podía que todo ese esfuerzo fuera por gusto y que sus castillos en la arena se los llevara la furia del mar en una sola pasada, pero ella era testaruda y tenía que constatarlo por sí misma.

—Tenemos que buscar a Miguel Hernández. Te lo pido, por favor. Tenemos que estar seguros.

Al amanecer llegó el señor Bernabé con su taxi. A los pocos minutos salieron sigilosos Valeria y Fernando, se subieron al carro sin hacer mucha bulla y le pidieron al chofer que avanzara unas manzanas y luego se estacionara para conversar del objetivo para ese día.

—Buenas, ¿cómo están muchachos? Espero que mejor que lo que los dejé anoche… ¿Durmieron bien? ¿Quieren parar por un café o unas rosquitas antes de empezar con el trote de hoy? —preguntó tratando de animarlos, a ver si se hacía de un segundo desayuno, aunque éste se lo comería con más gusto porque seguro que le saldría gratis—. Ya saben que a esta hora muchos están en misa, así que no vale la pena ir para el cerro tan temprano.

—Uy, pues, nos hubiera dicho ayer —se quejó Fer.

—Ay, no importa, Fer... Igual tocaba salir temprano para que no nos vea el abuelo… —le recordó Valeria—. Aparte que sí tengo hambre. Acuérdate que al final no comimos cuando regresamos —le dijo para convencerlo.

El estómago de Fernando empezó a gruñir.

—Bueno, sí. Y la verdad que tengo hambre. Vamos, pues, señor Bernabé. Miré: ese café ya está abierto —dijo señalando un local que vendía también un pan delicioso y muchos de sus postres y sándwiches favoritos.

Ya acomodados en sus sillas, bien apretados en el minúsculo local, sentados frente a una pequeña mesa redonda, se fueron levantando uno por uno y acercándose al mostrador para hacer sus pedidos. Esta vez fue Fernando el que pagó. Le tocaba por ser el que pidió cuatro cosas en lugar de las dos de reglamento. Y esta vez fue Valeria la que, sin dejar de tomar su café con leche y pan con huevo, empezó a picar de su plato, expropiándole de a poquitos medio alfajor y una cuarta parte de su triple.

Terminando de desayunar, conversaron con el taxista del plan, que en realidad no tenía mucho de plan. Querían buscar a Miguel Hernández. Lo que no tenían era ni puta idea de cómo hacerlo.

—Bueno, la cosa es que sí tenemos algunas claves donde empezar —dijo el señor Bernabé—. No es mucho, pero podemos ir primero a las parroquias donde estuvo.

—El padre Fidelio dijo que no sabía dónde estaba —se quejó Fer.

—Ya pues, el padre no sabrá, eso no importa cuando tienes a otros que también lo conocen y pueden darnos sus señas —interpuso Valeria.

—Al igual que la hermana Esperanza, el hombre dejó de ir a la iglesia de esa parroquia en la época de la pandemia —agregó el taxista.

—¿Eso qué nos dice? —preguntó Fernando.

—¿Que está muerto? —contestó Valeria.

—O que está vivo… aunque en otro lugar —señaló el señor Bernabé—. No hay que perder esperanzas, muchachos, mientras no nos diga alguien que el hombre ya se fue pa' el otro mundo, seguiremos la búsqueda. Si lo encontramos, encontramos a la hermana/abuela… o, como mínimo, noticias. ¿Qué les parece?

Valeria y Fer se miraron y movieron la cabeza en afirmativo. Todos chocaron sus tazas de café para sellar el trato y llenarse de euforia comunitaria.

Al rato iban subiendo por el conocido camino. Por ser domingo temprano, todo se veía todavía tranquilo. Pocos transitaban a esa hora. Hasta las manadas de perros que se pasan el día persiguiendo a los carros como si se estuviesen escapando con algo que les pertenece miraban pasar a los automóviles mientras disfrutaban del perezoso letargo del entresueño mañanero.

Se detuvieron primero en la parroquia del padre Fidelio. Bajaron. Se acercaron a las puertas. Escucharon la bendición de despedida y un desangelado coro cantando a todo pulmón. *Demos gracias al Señor, demos gracias, demos gracias al señor…*

Esperaron unos minutos a que el templo se vaciara y los voluntarios de la congregación estuviesen en pleno haciendo su trabajo. Al entrar y estar frente a la cruz, Fernando realizó una genuflexión en medio del pasillo al tiempo que con gran seriedad hacía la señal de la cruz. Valeria lo miró con gran curiosidad. Su madre, criada dentro del catolicismo, dejó la iglesia cuando ella era muy chica, así que nunca estuvo expuesta a los ritos de la religión.

El aura mística que emanaba de su amigo se esfumó apenas el señor Bernabé divisó a un conocido y se le acercó invocando su nombre.

Valeria y Fernando lo siguieron, manteniendo su distancia para no asustar a nadie.

—¿Dígame? —dijo el hombre al escuchar su nombre y continuó acomodando misales en una banca.

Al ver que no lo recordaba, el taxista caminó unos pasos más hasta estar frente al voluntario.

—Soy César… César Bernabé.

—¿Quién? —preguntó con apuro—. Tengo que terminar aquí. Ya empieza la siguiente misa…

—Canillas —contestó.

El hombre se detuvo. Dejó los misales en la banca.

—¿Canillas? ¿El de Tercero B? —interrogó entusiasmado—. ¿El que tenía todos esos moretones en las canillas de tanto caerse?

—Ese mismo. ¿Te acordaste ya, Río Verde?

—*Río, río, ¡¡¡Verde… que ya estoy cansado de tanto llorar!!!* —cantó anegado por los recuerdos de esa época juvenil y la chica que lo llevó a repetir esa melodía tanto que lo apodaron Río Verde.

El amigo de la época colegial del señor Bernabé no tuvo la oportunidad de conocer a Miguel Hernández porque él llegó a esa parroquia al final de la pandemia. Al darse cuenta de que no podía ayudarlos, llamó a los otros voluntarios. Todos se congregaron alrededor de ellos.

Río Verde habló:

—Estos muchachos, este… este… ¿cómo me dijeron que eran sus nombres? —preguntó volteando a mirarlos.

—Valeria y Fernando —contestó Fer.

—¡Eso mismo! —indicó Río Verde—. Valeria y Fernando están buscando a un señor Miguel Hernández, que hasta la pandemia estuvo de voluntario en esta parroquia.

—¿Y cómo es de pinta ese señor? —preguntó uno de los voluntarios.

—¿En qué trabaja? —quiso saber otro.

—Bueno, es que sabemos muy poco. Estuvo antes en otra parroquia… Unos chicos nos dijeron que era jorobado… —dijo Fer—. Es lo único que sabemos.

—¿Y para qué lo buscan? ¿Les debe plata o algo…? —añadió con una actitud agresiva una mujer joven y gruesa, con un cabello enrulado larguísimo que le llegaba hasta las caderas, tan bajita ella que estaba parada en una banca para escuchar mejor.

—No. Nada que ver —respondió Valeria—. Es que él andaba siempre con mi abuela, la hermana Esperanza. En realidad, es a ella a quien estamos buscando. Por eso queremos hablar con ese señor…

—Son de confianza —indicó el taxista—. Yo vivo aquí en el barrio, pero hace tiempo que no vengo a la iglesia, así que no lo he conocido a Miguel Hernández. Yo los he traído a los chicos y soy como su guía. En verdad que lo único que quieren es encontrar a esa señora que se viste de hermana y va como Esperanza. Eso es todo. A ver si me hacen la gauchada y los ayudan.

—Ah, ya pues. Si están con la conciencia limpia, yo los puedo acompañar hasta donde vive —dijo la mujer—. Aunque hay algo que le quiero pedir, ya que vive por aquí, señor…

—Bernabé —contestó el taxista—. Lo que quiera, dentro de lo razonable, claro…

—Ya pues, ya, Morin. No te pases, que el Canillas Bernabé es buena gente. Fuimos al colegio juntos —interrumpió Río Verde—. ¡Y ya vamos a apurarnos con esta transa que toca terminar de arreglar para la siguiente misa o el padre Fidelio nos saca la chochoca!

—Diga usted, señorita Morin —dijo el señor Bernabé.

—¡Señora! ¿Porque soy chata cree que no puedo ser casada?

—Ay, no… Es que la vi jovencita y no quise asumir.

Morin empezó a reír y los demás rieron con ella.

—¡Es una pendenciera la Morin! —acotó Río Verde tratando de dejar de carcajearse—. Te está tomando el pelo.

—Ah… —fue lo único que alcanzó a decir el señor Bernabé mientras miraba a la mujer. Lo sucedido lo sacó de cuadro un poco, aunque en realidad lo que más le fascinó fue que con todo y castigo le cayó bien la tal Morin. Siempre le llamaron la atención las bajitas con actitud de fieras. Morin le hizo recordar a la que en vida fue su señora, la mamá del Samú, que en paz descanse.

Al verlo un poco ido, Morin le hizo un gesto pasándole la mano frente a su rostro. El taxista reaccionó con una sonrisa dibujada. Ella no le hizo caso, mirando la hora en el reloj le dijo:

—Mire pues, señor Canillas Bernabé, tenemos que terminar de ordenar. Hagamos esto: Después de la misa del mediodía les enseño dónde vive Miguel Hernández. Mi único pedido es que se queden a la misa. ¿Trato hecho? —Y sin esperar a que le contestase se bajó de la banca, le hizo un gesto para que se sentasen ahí mismo, y junto con el resto de los voluntarios continuó con sus tareas.

Los tres se acomodaron en silencio. Cinco minutos después, escucharon unos acordes y todos se levantaron para recibir al padre que caminaba por el pasillo entre las bancas desde la puerta del templo hacia el altar. Llevaba en sus manos levantadas una biblia empastada en rojo con letras y detalles en dorado. Detrás de él caminaba un joven monaguillo alto y con las mejillas coloradas llevando una cruz dorada.

El taxista se sintió de lo más incómodo teniendo que sufrir las paradas, sentadas, arrodilladas, cantadas, rezadas y demás partes de una ceremonia que ya no reconocía como suya frente a un Dios que detestaba. Fernando más bien disfrutó el estar en una iglesia. Habiendo sido criado dentro del catolicismo, se sentía en casa, una casa que no había visitado en mucho tiempo, desde que se instaló donde don Cucho para ir a la universidad, para ser más exactos. Y Valeria estaba encantada, muy entretenida con todo el ritual de una religión de la que solo había escuchado hablar.

Después de la bendición final, los tres esperaron a que el tumulto se desvaneciera y luego caminaron despacio hasta la puerta de atrás. En unos minutos apareció Morin, se detuvo en el centro del pasillo para hacer una genuflexión y la señal de la cruz en gesto de despedida y luego se acercó a ellos. Venía jovial, lista para el almuerzo dominguero en casa de sus padres.

La caminata con Morin fue placentera, ya llegaba el otoño a Lima, la pesadilla del fuerte calor inmisericorde, sin aire acondicionado o ventiladores, sin siquiera electricidad estable para millones en esa ciudad, iba desapareciendo. El aire corría libre, fresco, allá arriba en ese momento. La tímida calidez que perseveraba era deliciosa, cosquilleaba el cuerpo pintándolo con acentos de luz dorada entremezclada con los grises de las pequeñas sombras del mediodía.

El señor Bernabé y Morin caminaban despacio, en parte por las diminutas piernas de la mujer que no daban para pasos "normales", en parte porque desde la primera vez que cruzaron palabra los dos notaron que existía química entre ellos. Morin era la que llevaba la conversación. Entre risa y risa quería averiguar qué era lo que hacía que César Bernabé estuviese tan fastidiado en la iglesia. Él le gustaba, así de primeras, lo que no podía aceptar era que no estuviese a su nivel en cuestiones de fe. Si lo veía después de ese día tendría que reconvertirlo.

Valeria y Fernando los seguían sin decir nada. Ambos estaban resignados a ser cómplices silenciosos de ese coqueteo hasta que llegaran al lugar donde Morin los llevaba.

Sin decir nada, Morin se detuvo frente a un edificio de ladrillos y apuntó con su brazo hacia arriba.

—Miguel Hernández vive arriba, en la azotea. Es una persona que vive con muy poco, con solo una carpa que le regalaron unos gringos mormones que vinieron de misiones. Tiene un colchón, una hornilla de gas y un lamparín. Como si siempre estuviese de campamento. Él es muy reservado. Tiene pocos amigos. Dicen que alguna vez estuvo enamorado, aunque nunca se le ha conocido pareja. Ni hijos, ni perro, ni gato. No tiene a nadie. Si se muere, nadie se enteraría hasta que empiece a apestar, el pobre. En una época venía a la iglesia a hacer trabajo voluntario, como les contaron…

—¿Lo veían con alguien? —saltó Valeria a preguntar al escuchar ese dato.

—Uy, no me acuerdo… ¿Con alguien? ¿Como su pareja o algo así? —dijo Morin pensativa.

—No. Con una hermana, una voluntaria, la hermana Esperanza… —explicó Valeria.

—Ah, ya… La verdad que yo no recuerdo nada de eso. Yo recién empecé de voluntaria en la iglesia unos meses antes de la pandemia… Mucho ha cambiado desde entonces, pues… Mejor tocan el timbre y le hablan al señor de frente. Si quieren los espero y los llevo a comer riquísimo a casa de mis papis —dijo Morin. Quería tener más tiempo para hacer apostolado con César Bernabé.

El taxista estaba a punto de agradecerle la invitación cuando la puerta del edificio se abrió y de su oscuridad salió un hombre de edad mediana con una distinguida joroba.

Todos se miraron entusiasmados. Morin saltó a hacer las presentaciones del caso:

—Señor Miguel, buenas, tanto tiempo sin verlo por la parroquia, bendiciones. Mire, le traigo a estos chicos que lo andan buscando por todos lados.

El hombre no quiso contestar. Cruzó los brazos, su rostro se tornó colorado, una vena le sobresalía en la frente. Estaba seguro de que venían a convencerlo de que regresara a la iglesia. Se sintió ofuscado. No tenía ganas de dar razones por su larga ausencia.

—Buenas, soy Valeria, yo soy la que lo ha estado buscando. Lo que pasa es que nos han dicho que la hermana Esperanza es muy cercana con usted…

—¿La hermana Esperanza? ¿A ella la buscan? —contestó sobrecogido por la mención del nombre, sus brazos cayeron a los costados, la vena dejó de palpitar, su rostro palideció—. ¿Y por qué?

—Es que ella es mi abuela… Yo recién llegué a Perú, mi abuelo me acogió. Él es un hombre maravilloso, ¿sabe? Bueno, resulta que hace poco me enteré de que mi abuela lo dejó para venirse aquí a hacer labor comunitaria y convertirse en monja. Ellos se divorciaron hace tiempo, después de que ella empezara a vivir aquí, pero igual se me ocurrió que tal vez la podría convencer de que fuese a ver a mi abuelo, que lo visitara ahora que los dos están viejos, quizás hasta que se regresara a vivir con nosotros. Dimos con usted porque salía como remitente en una carta que… —no pudo seguir. El hombre la miraba conmovido, unas lágrimas empezaron a caer por su rostro. Valeria sintió el amor que el señor Miguel le tenía a su abuela.

Se hizo un silencio. El hombre dio unos pasos y la abrazó.

—Tu abuela está aquí. En el cementerio. Murió durante la pandemia. Yo soy tu tío.

Todos enmudecieron al escuchar las palabras que salieron de su boca. Hasta Morin, que en realidad no tenía idea del rollo en el que se encontraba, se quedó sin palabras.

—Hace muchos años, tu abuela empezó a venir a realizar unos trabajos con la comunidad aquí. Se había enterado de que tenía otro hermano, medio hermano, mejor dicho, a quien no conocía, así que se le ocurrió que tal vez si se ofrecía de voluntaria podría encontrarme. Pasó el tiempo y poco a poco se enamoró de la gente, del trabajo, de lo mucho que podía hacer aquí, en lugar de estar sentada en su casa, de sirvienta de tu abuelo, porque eso era lo que sentía que era... el amor ya no existía entre ellos, al menos eso pensaba tu abuela. Su hija ya estaba grande, casada, viviendo afuera. Su nieta estaba en otro país. En San Borja ella no tenía un propósito en la vida, en El Agustino sí. En eso que iba decidiendo un día nos encontramos, ella ya vestía los hábitos y se hacía llamar hermana Esperanza, a pesar de no haber hecho ningún tipo de votos o pertenecer a alguna congregación de madres. Yo inmediatamente sentí algún tipo de conexión con ella, así que siempre me ofrecía para ayudarla. Fui yo el que mandó esa carta a tu abuelo. Ella me lo encargó. Un día, conversando de las historias familiares mientras esperábamos que llegaran unos camiones con comida para la despensa del centro comunitario donde trabajábamos, de pronto ella ató los cabos, supo que yo era su hermano y me lo dijo. ¡Viera lo contentos que nos pusimos los dos! Poco después empezó la pandemia. Ella fue una de las primeras en enfermarse. Murió a los días de eso. Entre todos colaboramos para el entierro, pero entre tantas cosas que pasaron, tantos muertos, tantos que se quedaron hasta el cien, tantos que no tenían ni para comer… hubo que ayudar a tantos, que se fueron los meses y luego los años… y, la verdad, como ya estaban divorciados, ya no quise decirle a tu abuelo.

Morin se llevó al señor Bernabé a almorzar a su casa en tanto Valeria y Fernando fueron al cementerio con el tío Miguel a despedirse de su abuela.

En el camino de regreso a casa Valeria le dijo a Fernando que aquello tenía que quedar como un secreto entre los dos, que no valía la pena darle esa noticia tan fea a su abuelo.

Desde entonces Fernando guardó un secreto del abuelo y uno de Valeria.

Olía rico esa mañana. A pasto recién cortado. La cuadrilla de los pitufos, como Valeria los llamaba, hombres y mujeres de la municipalidad vestidos en uniforme azul, bien bajitos todos ellos, terminaban las labores del día colocando todo lo que habían recortado en un gran pedazo de plástico y luego lo cargaban entre varios hasta una camioneta en donde depositaban lo que luego llevarían a un local especial para convertirlo en abono.

A Valeria le gustaba mucho observarlos, le llamaban mucho la atención, en especial el hecho de que no cortaban con una segadora, ni menos con un tractor especial, como había visto toda su vida en Estados Unidos, sino que se la bandeaban únicamente con lo que ella conocía como cortabordes.

Qué bárbaros, se dijo mirándolos desde la puerta mientras terminaba su café*, con eso cortan todo el césped de tremendo parque. Bien trabajoso se ve. Por eso será que vienen tantos. En verdad que lo dejan precioso. Y pensar que esto lo empezó la abuela con sus amigas hace décadas. Le hubiese encantado verlo ahora, tan bien cuidado, y con la gruta de la virgen siempre preciosa con flores nuevas todas las semanas.*

—¿En qué piensas, hijita? —preguntó don Cucho acercándose a ella desde el umbral de la cocina.

Valeria se sobresaltó y parte del café ya frío le cayó en las piernas desnudas. Todavía tenía muy presente la muerte de la abuela. No quería que en una de esas algo se le escapara de los labios. No quería herir a su abuelo de esa manera tan brusca, tan final. De inmediato alejó esos pensamientos de su mente, limpió sus piernas con su *short*, regresó a la cocina con una gran sonrisa, abrazó a su abuelo mientras le dijo:

—Estaba mirando a los pitufos cortando el césped y me puse a pensar que aquí las personas pueden ser más pobres, tener menos, trabajar duro todo el día, pero los ves más contentos, más risueños, siempre jugándose con los otros, haciendo cosas en familia o en comunidad, como en el parque.

—Así que los pitufos, ¿eh? —contestó el abuelo dándose de cuenta de lo que hablaba su nieta—. Se ve que se te ha pegado el humor peruano, poniéndole chapas a los cortadores —sonrió y le entregó un pan con mantequilla y mermelada que él mismo le había preparado y calentado.

—¿Viste? Cosas como lo que acabas de hacer me encantan. Allá puedo tener de todo, pero me falta la calidez que siento aquí. Me encanta, en verdad que sí.

—¿Y qué vas a hacer? ¿Lo vas a exportar a tu barrio? —preguntó al tanto que se servía el tercer café de la mañana.

—Abuelo, te va a dar un patatús de tanta cafeína —renegó Valeria. No quería contestar la pregunta. Algo en la mente le estaba revoloteando desde hacía rato, aunque todavía no estaba lista para consolidarlo en palabras o propuestas.

—No has contestado… Creo que acabo de tocar algo interesante —insistió el abuelo dejando la taza humeante sobre el mostrador—. Si contestas, no tomo este tercer café.

—No lo tomes. Te prometo que si te portas bien, te lo cuento de camino al trabajo —dijo y se arrepintió de inmediato, ¿ahora qué le diría?

Por uno de esos misterios de la vida, y al verse frente a una oportunidad para dejar salir lo que tenía dentro, el tiempo que le duró ducharse y vestirse fue suficiente como para poner sus pensamientos en orden. Había tomado una decisión.

Fernando se encontró con ellos saliendo de la casa. Les dio los buenos días y luego de quedar con Valeria para ir al cine en la noche, se despidió con una gran sonrisa en los labios.

Don Cucho ni siquiera disimuló su beneplácito. Aprobaba de todo corazón la idea de que sus personas favoritas tuvieran una relación de pareja. Aunque para que eso funcionase, Valeria tenía que quedarse en Lima; y él no sabía cómo preguntarle cuáles eran sus planes. No quería apurarla, hacerle pensar que ya se debía regresar a Estados Unidos. Al contrario. Deseaba que se quedara todo lo que ella quisiera.

—Te gusta Fernando, ¿no? —preguntó apenas llegaron a la esquina.

—Hoy estás lleno de preguntas, abuelo.

—Y tú, vacía de respuestas…

Valeria se detuvo e hizo que él se detuviese, lo miró a los ojos, pasó su mano por su brazo. Don Cucho podía sentir su nerviosismo.

—Habla. Conmigo no necesitas guardarte los secretos. Dame algo, que cuando se trata de ti y Fer me convierto en una vieja ansiosa por el chisme —dijo y dejó salir una risa nerviosa.

Valeria decidió tirarse a la piscina, soltar todo.

—Está bien. Te diré lo que pienso, abuelo. Siento atracción hacia Fer. No sé si eso llegara a algo, pero sí quiero ir probando salir y eso… a ver qué tal…

—¡Lo sabía! —celebró don Cucho, aunque ahí mismo se cortó la viada al ver que Valeria se mordía los labios intentando decidir si dejar salir o no el resto de su confesión—. ¡Espera! Hay algo más que te está fastidiando… ¿No? —dijo ofreciéndole una salida.

—Ajá… Cuando dijiste hace un rato si quería exportar lo que he visto aquí a Estados Unidos… sin querer diste en el clavo de algo que vengo pensando hace rato…

—¿Y qué es eso?

—Bueno, primero te quiero hacer una pregunta importante…

—Lo que quieras, hijita.

—¿Crees que algún día mi mamá se dé cuenta de lo que hizo y me pida perdón?

—No lo sé, aunque lo dudo. Magdalena es muy terca y muy centrada en sí misma. Es bastante posible que ni siquiera esté enterada del daño que te causó. Lo que sí me parece bastante posible es que tú la perdonarás en un futuro no muy distante. Y, mucho más importante, que te perdonarás a ti misma por permitirle robarte lo que es tuyo: tu autoestima, tu amor propio, la noción de ti misma como persona. Ella se dedicó a erosionar tus cimientos en lugar de ofrecerte amor incondicional. Ahora, aquí, tú estás reconstruyéndote, convirtiéndote en la maravillosa mujer que siempre llevaste dentro de ti, aunque no lo supieses. Y eso me hace muy feliz.

—Eso es lo que pensaba… lo de mi mamá, digo. Lo de ti, lo de mí, creo que también. Eres muy lindo, muy generoso con tus palabras. Es algo que ya sabes que nunca tuve por parte de mi mamá. Me encanta, incluso cuando doy la impresión de que no me lo creo, me ayuda un montón.

—¿Y lo otro? ¿Lo que dices que ya te tiene curcuncha de tanto darle vueltas en la cabeza?

—¿Curcuncha? ¿Significa… fastidiada?

—Eso mismo.

—¡Qué lindas son las palabras peruanas! ¡Hasta eso me gusta de este lugar!

—Ya veo. Ahora habla ya, ¡que a mí me tienes curcuncho esperando a que digas lo que quieres decir!

—Lo que pasa es que ya no me quiero regresar. Me quiero quedar a vivir en Lima, contigo.

—¿Conmigo? ¿Estás segura?

—Por ahora, claro, no quiero ser una pesada.

—Que no quieres ser *quacker*…

—¿*Quacker*? ¿Cómo voy a ser avena?

—Eso significa caer mal.

—Ah, ya…

—Claro que me gustaría. Quédate todo lo que quieras. Si quieres para siempre. ¡Ya sé! Te voy a poner de chapa "pájaro de un solo vuelo". Así te quedas y ya no te regresas nunca más.

www.ingramcontent.com/pod-product-compliance
Lightning Source LLC
Chambersburg PA
CBHW050530260626
47157CB00004B/1543